CONTENTS

GINZA SIHODO BUNBOGUTEN

小学館文庫

銀座「四宝堂」文房具店

上田健次

小学館

万年筆

四月一日に始まった新入社員研修がやっと終わった。最初の二週間は研修所に泊まり込んでの座学だったが、三週目からはグループ単位で本社や工場、営業支店、研究所を順番に回り、学んだことを皆の前でプレゼンテーションする形式に変わった。五人一組のグループは訪問先が変わるたびに組み替える決まりになっていて、同期全員と満遍なく交流するように工夫されていた。

しかしながら、一緒に行動するメンバーが毎回変わるのは、僕のような人見知りには途轍《とてつ》もないストレスで、本当にしんどかった。

それにも増して、同期内での主導権争いと言うか、マウントの取り合いが辛《つら》かった。人事部は「新入社員研修は学びの場であって、能力や適性などを評価する所ではない」と言ってはいたが、訪問先での質問や、グループ内での討議、それにプレゼンテーションなど、さまざまな場面で自ずと優劣が出てしまう。

そんなことの積み重ねで、何時《いつ》の間にか同期の中に序列ができつつあった。

「なんで、あいつがうちに入社できたんだ？」「コネなんじゃねぇ？」

そんな陰口が休憩時間に聞こえるまでに雰囲気は悪くなっていた。結局、新入社員研修が終わるまでに三人もの同期が退社した。

「同期なんだ、助け合って仲良くやろうよ」

何度もそう言いかけた。けれど、言葉にならなかった。

僕は何時もそうだ、大事なことを言いそびれる。しかも、言えなかったこと、伝えられなかったことを何時までも引きずってしまう。

こんな状態で休み明けから始まる営業研修を乗り切れるのだろうか？　誰も待つ人のいない部屋への帰り路《みち》、僕はぼんやりとした不安で一杯になった。せっかく初任給をもらったばかりで、明日からは大型連休だというのに……。

地下鉄に揺られていると、ふと研修中に聞いた先輩社員の言葉を思い出した。

「初任給、みんなは何に使うのかな？　もちろん何に使ったって良いけれど、できたらお世話になった人に何か贈り物をすると、とっても喜んでもらえるよ。私のお勧め」

そうだ、明日はどこかへ行って夏子《なつこ》さんに贈る物を探そう。それと、あとひとつ、大切な物も……。けど、どこが良いかな？　夏子さんが喜びそうな物が見つかる所って？　やっぱり東京と言えば銀座だろうか。

銀座中央通りに面したマツキヤ百貨店の正面口まで貴島《きじま》さんはついてきてくれた。

「えーっ、方向としてはあっちなの。あの、本当に大丈夫？　なんなら誰か若い社員をつけますけど。できれば私が送って行けたらいいんだけど、この後、アポが入ってて……。ごめんなさいね」

エントランスまで見送りに来た貴島さんは心配そうな顔をした。

「いただいた地図がありますから大丈夫です。それに、スマホがありますから、なんとかなります」

「だと、いいけど……。ああっ、お店には、この後すぐに電話を入れときますから。きっと良くしてくれるはず」

貴島さんの優し気な眼差《まなざ》しは、まるで夏子さんのようだ。

「では、行ってきます」

「慌てないで、ゆっくりで大丈夫ですよ。何かあったら、携帯に電話をください。なんとかしますから」

これでは初めてのお使いに行く幼児と母親だ。まだ、貴島さんと出会って数時間しか経《た》っていない。なのに長い付き合いのような気がする。

メモに描いてもらった地図を頼りに歩き出す。当分は中央通りを真《ま》っ直《す》ぐ進めば良いようだ。少し歩いて振り返ると、まだエントランスの隅に貴島さんの姿があった。軽く頭を下げると手を振ってくれた。

それにしても手書きの地図なんて初めてもらった。今どき、お店のホームページを教えて終わりだと思う。地図が描かれたメモには、店名と住所、それに貴島さんの携帯電話の番号が添えられている。

信号を二つほど通り過ぎ、三つ目で中央通りを横断し路地に入る。華やかな大通りと異なり、路地は隙間なくビルが立ち並び、ちょっとした迷路のようだ。しばらく進み二つ目の角を曲がると円筒形のポストがあった。

定期的にペンキを塗り直しているのだろう、鮮やかな朱色が目に飛び込んできた。こんな形のポストは映画や古いドラマの中でしか見たことはなかったが、なるほど目印にぴったりだ。そのポストの真ん前に目当ての店はあった。

「ここかぁ……」

思わず独り言が零《こぼ》れた。かれこれ十分は歩いただろう。着いてみれば、もらった地図に描かれた通りなのだが、上京して間もない僕にはちょっとした冒険だった。

老舗《しにせ》の文房具店と聞いていたが、三階建てのビルは歴史を感じさせつつも古びた様子はまったくない。風格がありながら、それでいて穏やかで、なんとも不思議な雰囲気だ。入り口はガラス戸で、真ん中に『四宝堂《しほうどう》』と金文字で書かれている。

店内に足を踏み入れると柔らかな香りが出迎えてくれた。お香だろうか、はっきりと自己主張する香水のそれとは異なり、慣れない東京に苦戦する僕をそっと包み込むような優しさがある。

一拍ほど遅れて店の奥から「いらっしゃいませ」と男性の声が届いた。その声はどこかお香の柔らかさに似て、心の底から僕の来店を歓迎しているように感じられた。こんなにも気持ちの良い「いらっしゃいませ」を初めて聞いた。

東京に出てきて面喰《めんく》らったことの一つが「いらっしゃいませ」だ。僕が生まれ育った田舎では、客に対しても「こんにちは」と言う。もちろん朝なら「おはようございます」、夜なら「こんばんは」だ。住民のほとんどが顔見知りという土地柄も関係しているとは思うが「いらっしゃいませ」などと言おうものなら「おう、何か売りつける魂胆かい？」といった展開になりかねない。もちろん笑顔でだが。

そんなこともあって、コンビニやファストフード、チェーンの居酒屋はもちろん、銀行や役所の窓口でさえ、やたらと甲高い声で「いらっしゃいませ！」と叫ぶのに辟《へき》易《えき》していた。

しかし、この店の「いらっしゃいませ」は、そんな気持ち悪さがない。なぜだろう？　良く分からない。ちゃんとたどり着けた安堵《あんど》もあって、そのように感じただけなのかもしれない。

そんな僕の覚束《おぼつか》ない様子に気付いたのだろう、声の主がすぐに姿を現した。薄い青のシャツに灰色のスラックス、紺無地のネクタイ、靴は黒革のシンプルな紐靴《ひもぐつ》。長からず短からずの髪は自然な位置で分れている。年齢は三十代半ばぐらいだろうか？

「あのぉ、こちらが四宝堂さんでしょうか？」

店名を確認して戸をくぐったにもかかわらず、僕は間の抜けた問いを口にした。

「はい、当店が四宝堂でございます。失礼ですが新田《にった》様でしょうか？」

「ええっ、はい」

「お待ちしておりました。道に迷われませんでしたか？」

「はい、なんとか。これをいただきましたから」

男性は僕が手にしているメモを認めて小さく頷《うなず》いた。

「良かったです。つい先ほど貴島さんからお電話をいただきました。新田様という大切なお客様に四宝堂を紹介した。到着されたら最善の努力で応対せよと」

そう言ってポケットから名刺入れを取り出すと、一枚を抜き取り、僕に差し出した。

「『四宝堂』の宝田《たからだ》 硯《けん》と申します。どうぞ、よろしくお願い申し上げます」

「あっ、えっ、こっ、こちらこそよろしくお願いします」

人見知りの僕にとって初対面の挨拶ほど緊張することはない。そんな僕の心中を知ってか知らずか、宝田さんは柔和な笑みを絶やすことなく言葉を続けた。

「早速ですが、いかがされましたでしょうか？　貴島さんなのですが『硯ちゃん、とにかく、よろしく頼んだわよ！』とだけ話されて、一方的に通話は切れてしまいました。まぁ、毎度のことなのですが……。ということで、具体的なご用件を伺っておりません」

ふと我に返った。

「ああっ、えーっと、便箋と封筒が欲しくて……」

宝田さんは『ああ、やはりそうでしたか』といった様子で深く頷くと、一拍ほど間を空け「かしこまりました」と応《こた》えた。つづけてゆったりとした身振りで店の奥に向かって手を広げ「どうぞ、こちらへ。便箋や封筒の主だったものは、あちらの棚にございます」と言い添えた。

なぜだか、よく分からないけれど、宝田さんのゆったりとして丁寧な応対は心地よかった。セカセカと用件だけをやり取りする接客は、忙しい毎日を送る都会の人々の知恵が産み出したものかもしれない。けれど、それはまるで自動販売機に相手をしてもらっているようで味気なく、僕には馴染《なじ》めそうもない。

案内された棚には様々な便箋と封筒がぎっしり。一目で手漉《てす》き和紙と分かる高級品や、押し花を漉き入れた洒落《しゃれ》たもの、薄い青に赤茶の罫線《けいせん》がシャープに引かれた洋箋など、眺めているだけで楽しくなりそうだ。

便箋の横には同じデザインの封筒が並べてある。縦書きの便箋には長形の封筒が、横書きには洋形の封筒が用意されている。ざっと見ただけで二百種類はありそうだ。

「ここ以外に季節のイラストなどが添えられた物もご用意しております。それと、いわゆるグリーティングカードのようなものは葉書売り場の近くに置いてあります」

「……すごい種類ですね、ちょっと圧倒されました」

「ありがとうございます。売り場に限りがありますから、置きたいもの全てを並べることはできませんが、和紙を用いたものと海外から取り寄せたものの品揃《しなぞろ》えについては都内でも指折りと自負しております。もちろん、当店に無いものでも、銀座や日本橋、東京駅周辺には大きな文房具店がたくさんありますから、そちらをご紹介することもできます。なんなりとご希望をおっしゃってください。他店の品揃えもだいたいは把握しておりますし、同業者のよしみで電話で取り置きを頼むこともできます」

「いやいや、この中から選ぶのも大変そうなのに、さらに他所《よそ》のお店まで見に行くなんて僕にはできそうもありません。うーん……」

宝田さんは小さな笑みを絶やすことなく、ひとつの便箋を手にとった。

「こちらの『たより』は、縦十行で地は淡い白、罫も薄《う》っすらと引いているだけですので用途を選びません。ちなみに当店のオリジナル商品です」

「へぇ、なるほど」

宝田さんは二段ほど上の棚から別の便箋を取り出した。

「こちらは『羽衣』といいます。こちらも取り扱いは当店だけの商品なのです。和紙作家の方が『実用品も作りたい』とのことでお始めになったのですが、品数がとにかく少なくて……。上質な和紙を用いて、罫も透かす技法で漉き入れています。これも用途を選びません。あとは……、ああっ、すみません。なんか勝手に自分の好みの物ばかりご紹介して」

宝田さんは三十代半ばに見えるのに、どうにも丁寧な口調がちょっと不思議。

「どっちもシンプルなのに上品で、本当に素敵です。うーん」

自覚しているが僕は優柔不断だ。

「便箋や封筒を選ぶ方法は大きく分けて二通りあります。ひとつは差出人である方が自分の好みで選ぶ方法です。まあ、普通ですね。もうひとつは受け取る方が喜びそうなものを選ぶ方法です。先ほどお薦めした二つは定番中の定番で、失敗はしませんが面白味もないかもしれません。なので、よろしければ相手の方をイメージしてお選びになってみてはいかがでしょう？」

「なるほど……」

的確なアドバイスであることは分かるのだが、手紙らしい手紙なんて、書いたことがない。せいぜい年賀状ぐらいだ。

「貴島さんからのご紹介ということは、何か贈り物に添えられるのでしょうか？」

言葉が続かない様子を見かねたのだろう、宝田さんは助け舟を出してくれた。

「ええっ、そうなんです。実は初任給をもらったので、それを使って田舎の祖母に何か贈ろうと思いまして。銀座まで出てきて、あれこれ見て回ったのは良いのですが、何を贈ったら良いかまったく分からず……。途方に暮れて何となく入った百貨店の食品売り場をフラフラしていたら、店員さんに声をかけられまして」

宝田さんは不意に噴き出した。

「『ちょっと、ちょっと！　お兄さん大丈夫？』ではありませんでしたか？」

「ええっ！　そうです、そうです。『お兄さん大丈夫？　そんなに汗かいて、疲れた顔して。さっ、水出しの玉露《ぎょくろ》、ちょうど飲み頃ですよ』って、紙コップを渡されました。えっ？　と思ってたら奥から椅子をひっぱり出してきて、『ほら、腰を下ろして、ちょっと休憩していきなさい』ってショーケースの横に座らされました」

宝田さんは愉快そうに頷いた。

「貴島さん、疲れた人やお困りの方を見つけると、放っておけない性質《たち》なんです」

「そうなんですか……。けど、いただいたお茶は本当に美味《おい》しかった。あんなに甘みを感じたのは大袈裟《おおげさ》ですけど生まれて初めてでした。思わず大きく溜息《ためいき》をついてしまうと、お代わりを注《つ》いでくれながら『どうしたんです？　銀座まで出てきて、溜息をつくなんて。何かお困りですか？』と言ってくれました」

本当に不思議だ。会ってから数分しか経ってないのに宝田さんは、とても話しやすい。思えば貴島さんもそうだった。今日は優しい人に巡り合える日なのかもしれない。

「あの、貴島さんって、おいくつぐらいなんでしょうか？」

「さぁ、女性に年齢を尋ねるのは憚《はばか》られますから存じ上げません。けれど、私が物心ついたころからマツキヤ百貨店で働いていましたから、多分、それなりかと。確か何年か前に定年を迎えられ、今は嘱託《しょくたく》として社員教育や大切なお得意様専門の御相談窓口のようなお仕事をされているはずです。ああ、マッキヤ百貨店の社長を『くん』付けで呼べる数少ない一人だと思います」

「へぇ、そんなすごい人に呼び止められたんですね、僕」

宝田さんは首を小さく振りながら笑った。

「すごい人なんて言ったら『あら、怖いおばさんみたいじゃない』と怒ると思いますけどね。実際、厳しいのは自分と仕事に対してだけで、人にはとっても優しいんです、誰に対しても。自分も貴島さんのようにありたいと思います。商人として、いや人として」

宝田さんは自分に言い聞かせるような口調になり深く頷いたが、不意にハッとしたかのような表情になると頭をかいた。

「すみません、脱線させてしまいました」

「いえ！　……貴島さんに親切にしてもらったことを、誰かとシェアしたかったので、嬉《うれ》しいです、聞いてもらえて」

思えば三月の末に上京してから、その日の出来事を誰かに聞いてもらったのは初めてかもしれない。それまでは必ず夏子さんに聞いてもらっていた。だらだらと、取り留めのない話を。

一度、研修の食事時に、自動ドアが開かなくて焦った話をしたら「で、オチは？」と同期から言われた。思わず口ごもっていると冷笑を浴びせられて、誰からもフォローされることなく終わってしまった。あれ以来、人と話すのが怖くなっていた。

宝田さんは人柄が滲《にじ》みでたような柔和な笑みを湛《たた》えて小さく頷き、話の先を促した。

「お茶をもらって、ちょっと落ち着いたところで初任給で世話になった祖母に贈り物をしたいが、何が良いのか困っていると正直に話しました。すると、あれこれと提案してくれまして、結局、お茶にしました」

「新茶の季節ですし、淹《い》れるたびに贈り主である新田様のお心遣いを実感できるでしょうから、良い選択だと思います」

そう応えると「新茶かぁ、いいな。あとで買いにいこう」と宝田さんは独りごちた。

「ええ、お茶なんて、まったく頭になかったので薦めてくれた貴島さんに感謝してます。で、贈る物が決まったのは良いのですが『なにか手紙を添えた方が良いですよ』って貴島さんが言うんです。祖母とはＬＩＮＥでつながってますから『お茶を百貨店から送ったよ』って知らせれば十分だと思っていたのですが……。『簡単でも良いから、手紙を書いてあげて。私からのお願い』って言われちゃいました」

宝田さんは「うーん」と小さく唸《うな》りながら深く頷いた。

「それで当店をご紹介いただいた訳ですね」

「ええ、『うちにも文具売り場があるけれど、あんまり品揃えが良くないのよ。四宝堂という専門店を紹介するから、そちらで相談して』と言って、この地図をくれました」

宝田さんは小さく笑みを浮かべて「ありがたいです」と応えた。

「と、いうことで便箋と封筒が欲しいのです」

「かしこまりました。では、こちらなどいかがでしょう？　当店のオリジナル商品ばかりお薦めして恐縮なのですが……。罫の幅を広めにとってあり、ゆったりと書くことができ、今日の御用途にぴったりかと」

そう言われて差し出された便箋は薄い緑色の罫線が八行ほど引かれた便箋だった。封筒は郵便番号枠が罫線と同じ色で引かれ、切手を貼る位置には枝から伸びた若葉が描かれている。

「この色は若葉色と言います。罫線などのデザインは一緒で色だけを十二種類用意している『つきづき』という商品です。罫線は下に行くほど薄くしてあります」

宝田さんは僕が手にした商品の表紙をめくった。罫線はまるで誰かが細い筆で引いたようで、下に行くほどに薄く細くなっている。終わりの方はほとんど何も引いていないように見える。

「これは、ある日本画家のお客様に『ちょっとしたものを描き添えるのに、ほどよい設《しつら》えの便箋を』と注文されて始めた商品です。ちなみに、この罫線や切手位置に描かれたカットは、『言い出しっぺなんだ、手伝うよ』とそのお客様がおっしゃって提供いただいたものなんです。ああっ、この十二種類の色を選ばれたのも、そのお客様だとか。日本の伝統色は四百六十五種もありますから、その中から十二色を選ぶのは大変だったと思います。特に地の色との相性もありますから。と、言いましても私の遥《はる》か前の代の店主が始めた商品なので、その日本画家がどなたかまでは存じ上げませんが」

宝田さんはそう言って『つきづき』の別の色を見せてくれた。小豆色に紅紫、撫子《なでしこ》色、青藤《あおふじ》色に柿茶、紅《くれない》、煤竹《すすたけ》色、海老茶《えびちゃ》、曙《あけぼの》色に銀鼠《ぎんねず》、そして金色《こんじき》。

「金色だけは金箔《きんぱく》を用いていますので別格の値段になっています。申し訳ないのですが、こう金が高騰し続けますとどうにも……。それに職人さんも少なくなっていますから。そのうち箔押し仕上げを諦めなければならない日が来るかもしれません」

どれも良い色で、それでいて目に優しい。なぜだろう？　柔らかな色みが僕の目を癒してくれているようだ。

棚に並んだ封筒は五枚一セットで紙帯でまとめられている。切手位置のカットはどれも愛らしく、小豆色には小豆が三粒、曙色には旭光《きょっこう》が、そして金色には富士山が描かれている。

視線がカットに注がれているのに気付いたようだ。

「このイラストが隠れてしまうのはもったいないとおっしゃって、ずらして切手を貼るお客様もいらっしゃいます。うちに配達に来る郵便局員さんが『正しい位置に貼るように言ってください』と何度か苦言を漏らしたぐらいです」

「けど、その気持ち、分かります。ああっ、でも僕はお茶と一緒に送ってもらいますから切手を貼らずに済みます。じゃあ、この若葉色の便箋と封筒をください」

宝田さんは「かしこまりました。ありがとうございます」と応えると、僕の手から商品を受け取り「では、こちらへ」と促した。

「あの、差し出がましいのですが、何か書くものはお持ちでしょうか？」

会計カウンターに向かいながら宝田さんが尋ねた。僕は小さく頷きながら答える。

「それも相談したかったんです。実はこれに合うインクが欲しいんです」

僕はリュックに手を突っ込み細長い箱を取り出した。それは黒地に白いロゴの入ったスリーブに包まれた化粧箱で、中には万年筆が入っている。

宝田さんはカウンターの内側に入ると、僕が選んだ便箋と封筒を脇に置き「ちょっとお待ちください」と断ると、引出しから白い手袋を取り出した。続けて横長のお盆のような板を取り出すとカウンターに置き、手袋を両手に着けた。板の内側にはフェルトが貼ってあり、何か大切な物を扱う際の作業台のようだ。

「拝見します」

短くそう言うと僕が差し出した箱を両手で受け取った。そして箱を作業台にそっと置くと、カウンターの隅にあった椅子を引き寄せて腰を下ろした。

「すみません。立って作業をしますと、手を滑らせた場合に、破損してしまう恐れがあります。なのでお客様の前で失礼ですが座らせていただきます。よろしければ、そちらの椅子をお使いください」

宝田さんは視線でカウンター脇にある椅子を示した。僕はそれを移動させると正面に座った。

「モンブランですね。しかし最近の物ではありませんね」

「ええ、そうなんです」

宝田さんはスリーブから化粧箱をそっと抜き出した。化粧箱の天面には『ホワイトスター』と呼ばれる白い星型のブランドマークが記されている。蓋を開けると、取り扱い説明書と保証書があり、その下に万年筆が横たわっている。万年筆は布張りの台の上にあって、キャップのクリップとリングが黄金色に輝いていた。

「あの、万年筆のことは良く知らないんですけど、これって高級品ですよね？　有名な作家なんかが使っていたっていう」

宝田さんは小さく頷いた。

「そうですね、大きな括《くく》りでは、その通りです。これはモンブランのマイスターシュテュック クラシックという商品です。軸が細めなため上衣の内ポケットなどに差していても違和感を覚えずに済みますし、欧米人に比べると手の小さな日本人にぴったりな万年筆です」

「へぇ」

自分の物なのに解説をしてもらうなんて、ちょっと不思議な気分だ。

「先ほどおっしゃられた作家などの文筆を生業にされている方々は、もう少し軸が太い物がお好みのようです。例えばこちら、同じマイスターシュテュックでもル・グラン146という物です」

そう言ってカウンター脇にあるショーケースの中から万年筆を取り出した。僕の物とよく似たシルエットだが、全体的に少し大きい。特に軸の太さがまるで違う。

「新田様のクラシックは軸の径が十二ミリなのに対して、こちらは十三・三ミリございます。この太さが長時間の執筆には良いそうです」

僕は宝田さんが差し出したル・グラン146を受け取った。

「確かに太いですね。僕の物でも、普段使っているボールペンやシャーペンに比べると太いなあと思ったのですが、それ以上ですね」

宝田さんは「確かに」と答えながら、さらにもう一本を取り出した。

「一番太い物は十五・二ミリの径があります。マイスターシュテュック149という物で、こちらも文筆業の方に人気がありますし、国際条約の調印式や、会社間の大型契約の取り交わしなどで使われています。ちょっと立派すぎて普段使いにはどうかと思いますが、ここぞ！　という時などにはぴったりの貫禄《かんろく》がございます」

差し出された149は油性ペンほどの太さがあった。

それらを見ている間に宝田さんは僕が預けた万年筆のキャップを外した。さらに、ペン本体を捻《ひね》って真ん中あたりで二つに分解し、中から細長い部品を取り出した。

「ペン先もコンバーターもきれいです。と言いますか、未使用品ですね」

「はい、実は一度も使ったことがないんです」

宝田さんは僕の返事に頷きながら、化粧箱に同梱《どうこん》されていたインクカートリッジを照明にかざしたり振ってみたりした。

「このインクは使えるか微妙です。えーっと、保証書の日付は……っと。ああ、十二年も前ですね」

「ええ、十歳の時に祖母から贈られた物なんです」

宝田さんはちょっと驚いた顔をした。

「十歳と言いますと小学四年生でしょうか？　大変失礼ですが小学生に贈られる筆記用具としては高級過ぎるかと思いますが……」

「ですよね？　なので、もらったのは良いのですが、学校に持って行く訳にもいかなくて……。引出しの奥深くに仕舞い込んでいて、最近になるまで存在自体を忘れていたんです」

「なるほど。未使用ですし見たところ傷もありませんから、新しいインクを注《さ》していただければ問題なくお使いいただけると思います。ちなみに、このコンバーターを使われるのであれば、瓶入りのインクをお薦めします。外出などが多いのであれば、カートリッジの方が便利かと思います。いかがいたしましょう」

「手入れはどっちが簡単ですか？」

「どちらも慣れれば大したことはありませんが、強いて言うならカートリッジの方が便利だと思います」

「じゃあ、カートリッジをください」

宝田さんは「少々お待ちください」といってカウンターから出て行くと、筆記用具売り場と思《おぼ》しき棚から小さな箱をいくつか手に取って戻ってきた。

「最近はモンブランも専用インクであれこれと遊び心のある色を出していますが、とりあえずお手紙にお使いになるなら無難な色が良いかと思います。右から『ミステリーブラック』『ミッドナイトブルー』『ロイヤルブルー』です。左に行くほど明るく青味が強くなります。他にもグリーンや紫などありますが、用途が制限されるかと」

「一番無難なのはどれですか？」

「一概には何とも言えませんが、もともと同梱されていたものと同じ色は『ミッドナイトブルー』です。昔は『ブルーブラック』と呼んでいました」

確かに宝田さんが使わない方が良いと言った古いカートリッジには「ブルーブラック」と英語で記されている。

「じゃあ、これも一緒にください」

「かしこまりました」

会計は全部合わせて二千円とちょっとだった。百貨店で求めたお茶も送料込みで数千円だった。祖母宛の贈り物と万年筆のインク探しとで、それなりの出費を覚悟して銀座まで出てきたが、驚くほど安く済んでしまった。それもこれも、優しい人たちとの出会いに恵まれたからに違いない。

代金を渡し、お釣りを待っていると宝田さんに尋ねられた。

「あの、お手紙はお茶に添えられるのですよね？　では、どこかでお書きになってから、マッキヤ百貨店に戻られるのですか」

「ええ、そのつもりです。六時までに貴島さんにお渡しすれば、お茶の箱に同封して今日の出荷に間に合わせてくれると言ってました」

「なら、ご提案なのですが……。ご迷惑でなければ当店の二階でお書きになってはいかがでしょう？　普段は紙細工やカリグラフィー、篆刻《てんこく》などのワークショップを開催するオープンスペースとして貸し出しているのですが、今日は特に予定がありません。落ち着いて書き物をするのにぴったりな机と椅子がございます」

唐突な申し出に少々面喰らった。けれど、嬉しかった。

「いっ、いいんですか？　実は近くに落ち着けるカフェか喫茶店がないか相談しようと思ってたんです」

宝田さんは小さく首を振りながら応えた。

「ぜひ当店の二階をお使いください。ああ、もちろん、この近所にも良い喫茶店がありますからご紹介は可能です。実は私も常連なのですが『ほゝづゑ』という店があります。珈琲《コーヒー》や紅茶はもちろん、軽食も美味しいです。なので『ちょっと喉を潤したい』とか『小腹が空《す》いた』といったご要望であればご紹介します。けれど、お祖母様《ばあさま》宛の大事な手紙をお書きになるのには向いてません。何と申しましても喫茶店の机と椅子は、くつろいでお茶を楽しむのに最適な造りになっていますから」

「……なんか、申し訳ないです」

僕は頭を下げた。本当は素直に「ありがとうございます」と言うべきなのに。

宝田さんは慌てた様子で手を振り「おやめください、お客様にそのようなことをさせては罰が当たります」と言った。

「さっ、その前にお返しとレシートです」

宝田さんはお釣りを革製のトレーに載せて出した。新札の千円札に真新しい硬貨。思わず「へぇー」と声が零れた。

「硬貨って、本当はこんなにきれいなんですね」

「はい、私もそう思います。特に五円玉はピカピカで、なんかペンダントヘッドとしものです」

「もしかして、お釣りを渡すたびに、こうやって新しいのを使ってるんですか？」

宝田さんはごく当たり前といった様子で「はい」と応えた。

「手間がかかりますし、手数料も支払わなければなりません。それでもお客様が驚かれたり、笑顔になられる様子を拝見したくて続けております。もっとも、近頃はキャッシュレス決済を希望されるお客様が多いので、あんまり出番はありませんが」

そう言ってちょっと残念そうな顔をした。

「なんか、財布に入れて他の小銭と混ざっちゃうのが惜しいです。それにお札のほうも二つに折ってしまうのはもったいないですね」

僕の財布は二つ折りで、内側に小銭入れが付いている。学生時代はパンツの後ろポケットに突っ込んでおけば良かったが、背広の内ポケットに仕舞うと、奥まで手を伸ばさなければならず、取り出すのが面倒だった。

宝田さんは「では、間に合わせですがこうしましょう」と言って小銭を小さなファスナー付きのビニール袋に仕舞い、新札は葉書大の紙袋に入れてくれた。

「なんだか、申し訳ないです……」

さっきから僕は「申し訳ない」ばかりを口にしている。もう口癖なのかもしれない。そう言いながらリュックから読みかけの海外ミステリーを取り出し、ページの間に新札を挟んだ。小銭はリュックの奥へ仕舞う。

「『拳銃使いの娘』ですか、いいですよね」

カバーを着けていないとはいえ、宝田さんは一瞥《いちべつ》しただけでタイトルを諳《そら》んじた。

「読んだんですか？」

「はい、栞《しおり》の位置から推察する限りですが、もうしばらく、お楽しみになれますね」

何か、ちょっと嬉しくなった。これまで、僕の周りに同じような趣味の人がいたことはなかった。ネットやSNSでハードボイルドや海外ミステリー好きの集まりはあるが、眺めるだけで書き込みをしたことはない。友人らからは怪訝《けげん》な顔をされるが、やはり会ったこともない人にあれこれと本音を漏らすのはちょっと心配だ。

けど、そんな奴《やつ》は今どき珍しく、むしろ「知ってる人や友だちに本当のことを言って引かれちゃったら嫌だ。だから、本音は顔の見えない相手に話す方が気が楽」と言う人さえいる。そんな言いぐさを聞くたびに「じゃあ、今、君と話している僕は何？」「いま君が言ったことは本音なの？　それとも建前？」と思っていた。

「では、二階へご案内します」

ぼんやりと考え込んでしまった僕は宝田さんの声ではっとした。

会計カウンターから出た宝田さんは、卓上用の呼び鈴と『別フロアにおります。御用の方はこちらでお呼びだしください』という札を並べた。つづけて「こちらへどうぞ」と店の奥へと誘《いざな》った。

最初に案内された便箋と封筒のコーナーを通り過ぎると突き当たりに階段があり、『本日のワークショップは終了しました』という看板が立ててあった。

看板の脇を通って階段を上って行くと、途中で一坪ぐらいはありそうなゆったりとした踊り場があり、一脚の椅子と小さなコーヒーテーブルが置いてあった。この椅子に腰を掛けたら、売り場をぼんやりと眺めるのにちょうど良さそうだ。

「古いお客様の中に、ここに座ってお茶を飲まれるのがお好きな方がいるのです」

「確かに、居心地が良さそうです」

宝田さんは口元に小さく笑みを浮かべ「さ、もう少しです」と促した。まるで山登りみたいだ。可笑《おか》しくなって僕も小さく笑った。

二階は一階よりも窓が広く取られ、照明が灯《とも》っていないにもかかわらず、春の日差しで燦々《さんさん》と明るい。床面積は一階と同じはずだが、商品を陳列する棚などがないこともあってより広く見えた。窓に向かって右側に四畳半の小上がりが設えられていた。

部屋の真ん中にはキャスターの付いた作業台のような机が六台ほどロの字型に並べられ、それぞれ二脚の椅子が添えてある。左側の壁には床から天井まで様々な大きさの引出しがびっしりと並んでいる。

「あの机です」

宝田さんが指さした先にどっしりとした佇《たたず》まいの机が、同じ木材で設えられた椅子と一緒に僕を待っていた。天板には何も置かれておらず、ブラインドの隙間から差し込む日の光を浴びている。

宝田さんの後に続いて机に近づく。随分と使い込まれたようで、細かな傷があちこちにあった。右側にはインク瓶でもひっくり返したのだろうか、黒い染みがある。宝田さんは椅子を引いて「どうぞ」と言った。

僕は言われるがままに椅子に腰をかけた。座面は革張りで、詰め物は硬めだ。けれど、その硬さが心地よい。机に両肘をついてみる。光沢のある天面ながら、木目の微妙な表情を触れた腕で感じられる。

宝田さんは左袖にある引出しの中段を開けた。中には十冊ほどの本が入っていた。

「主だった辞書や手紙の書き方やマナーに関する本はこちらにございます」

ちょっとほっとした。何か参考になるようなものが無いと、書けそうもないと思っていた。

「ありがとうございます。急いで書きます」

僕は床に置いたリュックから、先ほど買い求めたばかりの便箋や封筒、インクカートリッジ、それに万年筆が入った箱を取り出しながら応えた。

「いえ、慌ててはいけません。貴島さんとの約束は六時ですよね？　まだ十分に時間はあります。なるべくゆっくり、丁寧にお書きになってください。なんと申しましても手書きの文字には表情がございます。特に万年筆で書いたものには。笑った顔、泣いた顔、怒った顔、嬉しい顔、優しい顔。書いた時の気持ちがそのまま表情としてあらわれます」

「……表情ですか」

思いもよらなかった。けど、確かに字は一人ひとり特徴がある。ＬＩＮＥやメールでのやり取りに慣れてしまい、手書きの文字を目にする機会はめっきり減ってしまった。

宝田さんは「ちょっと、お待ちください」と声をかけ、机の近くの引出しから、何かを取り出して戻ってきた。どうやら、壁一面に設えられた引出しは、在庫置き場になっているようだ。

「どうぞ、お使いください。ご来店いただいた御礼と……そうですね、翻訳物のハードボイルドを愛する同好の士として出会えた記念に進呈します。当店オリジナルの大学ノートです」

「いっ、いいんですか？　もらってしまって」

宝田さんは「ぜひ」と言って、小さく頷いた。

机の上に差し出されたノートは、薄い灰色の表紙に小さく『NOTE』と記され、表題と名前を記す位置に罫が控え目に引いてあった。背は黒でクリーム色のラベルが付いている。厚さは普通のノートの倍ぐらいはありそうだ。

「なんか、もったいないなぁ」

僕はもらったばかりのノートを開いた。厚からず薄からずの紙は手触りがいい。

「まずは頭に浮かんだ言葉や文字をどんどん書き出すことをお勧めします。文章としての組み立ては、その後に考えれば良いかと。ああっ、間違ったとか、違うなと思った箇所は一本線で消すと良いですよ。あとで『やっぱり、あれ、使いたいな』と思った時に、読み返すことができるようにしておくことが大切です。ノートは御本人以外が目にすることはありませんから、丁寧に書く必要はないと思います。とにかく、頭に浮かんだ言葉をどんどん書き出す。それが大切です」

「書き出すかぁ……」

「どんどんと書いて行きますと、万年筆も手に馴染んでくると思います。そういえばカートリッジを差してみてください。上手《うま》くインクが出ると良いのですが」

僕は言われるままにカートリッジと万年筆をそれぞれの箱から出した。

「あの、どうすれば良いのでしょう？」

「まずキャップを外します。モンブランのキャップは溝が切ってありますから回してください。で、胴軸と首軸も捩《ね》じって外します。はい、そうです。で、カートリッジの先が細くなっている方を首軸の中に差し込むと、ちょっと抵抗があると思いますが、ぐっと奥まで差し込んでください」

言われた通りに手を動かしてみる。なるほど、ちょっと引っかかるような感触だったが、力を入れると奥深くに差すことができた。

「ちなみに、予備のカートリッジを胴軸の方に入れておくことができます」

教えられた通りにカートリッジをひとつ胴軸に入れると首軸とつなぎ直した。そしてキャップを胴軸の頭にかぶせて構えてみる。

「こちらをお使いになって円を描くなどしてインクを馴染ませてください」

宝田さんは机の引出しからメモパッドを取り出すと、一枚を千切って寄越《よこ》してくれた。言われるままに万年筆を走らせてみる。金色の縁取りが施されたペン先は、紙の上をスーッと滑った。ほどなくしてインクがペン先を追うようにして円を描く。

「へぇ」

驚いた。鉛筆やボールペンと異なる書き味は新鮮だ。気分が良くなってぐるぐると螺旋《らせん》を描いたり、『あいうえお』や『東京』など適当な言葉を書いてみた。

「いかがです？」

「万年筆を使ったのは初めてなので、上手く言えませんが、なんか新鮮です。大して力を入れなくても強弱が出て、何て言ったら良いのか分かりませんけど、字が上手くなったような気がします」

宝田さんはまるで自分が褒められたかのように嬉しそうに何度も頷いた。

「紙に押し付けるようにしなければ書けない鉛筆やボールペンと違って、万年筆は毛細管現象を用いた筆記用具なのでペン先と紙が触れてさえいれば書くことができます。接する面が広ければ太く強く、少なければ細く弱くと、微妙な加減が自在です。つまり墨を吸った筆に近いのです」

「……そうなんですね。何にも知りませんでした」

「すみません、余計なことばかりお話しして。さあ、そろそろペン先にインクが馴染んだと思います。ノートをお使いになってください」

そう促した。続けて上がって来た階段の脇にあるドアを指す。

「トイレはあちらにございます、ご自由にお使いください。私は一階におります。あとでお茶をお持ちします。ああっ、もちろん当店はカフェや喫茶店ではございませんから味に保証はありません。サービスなのでお代も不要です」

最後に「では」と言い添えて一階へと降りていった。

宝田さんの姿が見えなくなると改めて姿勢を正し、ノートに向かった。真っ白な紙に薄い灰色の罫線が走っている。罫線の幅は一センチぐらいありそうだ。裏表紙を見てみると『A4・UL罫』とあった。A罫とかB罫は聞いたことがあるが、UL罫とは初めてだ。けれど、ざっくりと思いついたことを書くのにはちょうど良い幅かもしれない。

改めてモンブランの万年筆で日付をノートの左上に記した。うん、やっぱり書き心地はいい感じだ。

続けて『下書き：祖母への手紙』と書き足す。なんか、ちょっと格好つけた気がする。宝田さんに教えてもらったように『祖母』の部分を一本の線で消し、その上に

『夏子さん』と書く。

　僕が生まれたのは祖母が五十歳の時だ。まだ『おばあちゃん』などと呼ばれたくなかったのだろうか。いや、自分のことを『おばあちゃん』と呼ばせることで、両親を意識させたくなかったのかもしれない。真意のほどは分からない。けれど祖母は頑《かたく》なに『夏子さん』と呼ばせることにこだわった。

　そのくせ『夏子って名前はあんまり好きじゃない』と言う。なんでも四人姉妹の二番目で、長女が春子《はるこ》だから祖母は夏子という名前をもらったそうだ。

『お姉ちゃんが三月生まれで春子だからって、二番目の私が夏子って、どういうこと？　って何度も思った。だって私は十二月生まれなのに。下の秋子《あきこ》は四月生まれ、末の冬子《ふゆこ》は七月生まれで、二人とも同じような文句を言ってたわ。けれども、まぁ、仕方ない。名前は勝手につけられてしまうものなんだから』

　夏子さんはそんな話を何度も僕にしてくれた。

『あんたの凜《りん》って名前は私がつけたんだよ。どんな時も凜とした人であって欲しいという思いを込めてね』

　そんな話を夏子さんがしてくれたことを思い出した、確か小学四年生の夏休みだ。

秋の文化祭で『二分の一成人式』をやるにあたり、名前の由来を保護者に質問してくるといった宿題が出された。今になって思うけれど、家庭によって様々な事情がある訳で、もう少し配慮してもらいたかった。もう、そのころには母が自分一人では育てられないからと夏子さんに僕を預けっぱなしにしていることは薄々分かっていた。何となく知りたいような、知りたくないような、複雑な気持ちが十歳なりにあって、それを宿題で無理矢理調べさせられるのが、どうにも嫌でならなかった。

けれど夏子さんは特に気に病む様子もなく僕に話してくれた。

一人娘が出産間際になって大きなお腹《なか》を抱えて戻ってきたこと。父親は奥さんも子供もある人で、離婚をして母と一緒になる約束を反故《ほご》にしたこと。僕の出産はかなりの難産だったこと。僕が一歳になるころ母は隣町に勤めにでたこと。ほどなくして別の男性と結婚したが、相手の男性が小さな僕がついてくることに難色を示したこと。三歳になるころまでは、月に一回の頻度で会いに来た母だったが、夫の転勤で引っ越したのを機に疎遠になったこと。

そして……、

『会いたい？』

と僕に聞いた。

『べつに』

そんな曖昧な返事をするのがやっとだった。

『けど、あんたも十歳かぁ、早いなぁ。ほんのちょっと前まで、こんなに小さかったのに。道理で私が還暦のおばあちゃんになる訳だ』

そう言って夏子さんは苦笑した。

『しかし二分の一成人式って、随分と洒落たことを学校も考えたもんだね』

『そう？　本当の成人と違って、これまでできなかった事が、何かできるようになる訳でもないし……。面倒な宿題を出されるだけで、何にも良いことなんてないよ』

『そうかなぁ。けど、私は凜をお祝いする機会が一回増える訳で嬉しい。だって、凜が二十歳になって本当の成人式を迎えるころは、私は七十なのよ。生きてるかどうかも怪しいね』

『なに縁起の悪いことを言ってるの？　どうせピンピンしてるよ、きっと』

『なら、いいんだけどね……』

夏子さんはちょっと考え込むような顔をすると『よし！』と深く頷いた。

『あのさ、二人で何かお祝いをしよう』

『えっ、何のお祝い？』

『だから、凜が半分大人になったたっていうのと、私の還暦。そうだ、そうしよう。明日はお店を閉めて電車に乗って出かけるからね』

突拍子もなく夏子さんがそう言い出した。

ちなみに、それまで夏子さんとどこかに出かけた記憶は全くなかった。なぜならば、夏子さんは自宅の一階で薬局を営んでおり、滅多《めった》なことでは店を休みにすることはなかったからだ。

『こんな小さな店だけど、この町で唯一の薬局だから。病気や怪我《けが》は休みなんてお構いなしだからね』

そう言って、お盆と正月にそれぞれ二日ほど休む以外は土日も祝日も店を開けていた。もっとも夜間やお休みの日でも戸を叩《たた》く客がいれば応対していたから、実質的に年中無休だ。

僕も保育園や学校から戻ると、店先のベンチに座り、客が来るのをぼーっと待っていた。店の前を行き来する人や自転車、配達の車などの様子を眺めていれば退屈しなかった。

だから夏子さんに『出かける』と言われた時はピンとこなかった。それぐらい、夏子さんと出かけることは珍しかった。

次の日、朝食を済ませると夏子さんは『これに着換えて』と真新しいポロシャツを渡してくれた。何時の間に用意したのか不思議だったが、ポロシャツの胸には大好きなサッカーチームのロゴが刺繡《ししゅう》されていて、とても嬉しかったことをよく覚えている。

『凜は電車やバスにあまり乗ったことがないから、用心でこれを飲んでおきな』

そう言われて酔い止めの薬を初めて服用したことも覚えている。

バスで駅まで三十分、それから電車で一時間。百貨店のある街についたのはお昼まえだった。

『とりあえず腹ごしらえをしようか』

そう言って夏子さんは最上階にある大食堂を目指した。十階ほどの高さのビルだったと思うけれど、見晴らしが良い店で、料理が来るまで二人でずーっと外を眺めていた。『あれが県庁だよ』とか『今日は空気が澄んでて遠くまで良く見えるね』と夏子さんは上機嫌で僕にあれこれと教えてくれた。

『お待たせしました』

との声でテーブルに視線を戻すと大きなハンバーグステーキとエビフライが合い盛りにされた洋食プレートがあった。

『ハンバーグもエビフライも、家で作ろうと思えば作れるけど、やっぱりレストランの味には遠く及ばないからね。外食をするなら断然洋食に限るよ』

そう言って夏子さんは上機嫌でタルタルソースをたっぷりとかけたエビフライを美味しそうに食べていた。

それからエスカレーターで降りながら各階を順番に見て回った。

細かなことまでは覚えていないが、そこは田舎の百貨店で、寝具や家具、旅行用品、調理用具や食器、家電、玩具《おもちゃ》、それに洋服や化粧品まで、何から何までそろっていて、本当に『百貨店』の看板に偽りがなく、二人して『へぇ』とか『こんなの買う人がいるのかね？』とか言いながら冷やかして歩くだけで面白かった。

途中で文房具売り場があった。ショーケースには、見るからに高そうな万年筆やボールペンが並んでいて、子供でも気軽に近寄ってはいけないというオーラのようなものを感じ取った。隣の売り場には腕時計や宝石が並び、夏子さんはさておき、僕が見ても面白いものではなかった。

夏子さんは万年筆売り場の一番奥に進み、じっとショーケースを睨《にら》み、しばらくすると『うん、やっぱりモンブランだね』と呟《つぶや》いた。

『なに？　モンブランって。ケーキみたいだね』

『なんでもない。行こう』

そう言うと売り場からすっと離れた。

その後、玩具売り場を見つけると『ちょっと化粧品とかを見て来たいから、ここで待っててくれる？　十五分もかからないで戻ってくるから』と言って、夏子さんは一人でどこかへ行ってしまった。

出かけた記憶はこの場面でぷっつりと終わってしまう。確か三十分とかからずに夏子さんは戻ってきて、その後すぐに家路についたと思うのだが良く覚えていない。

それが夏子さんと出かけた、たった一度の思い出だ。


十月の初めに文化祭のプログラムの一つとして『二分の一成人式』が行なわれた。どんな式典だったのかは記憶が定かではないけれど、お店を閉めて夏子さんも見に来てくれたことだけは覚えている。

その日の夕食に夏子さんは赤飯を炊いてくれた。そして、これも珍しくジュースが用意してあって、二人で乾杯をした。

『二十歳の時は、ちゃんとしたお酒で乾杯するからね』

『今から宣言しなくていいと思うけどね』

僕が笑っていると、夏子さんは『これ、お祝い』といって小さな包みを渡してくれた。包装紙は二人で夏休みに出かけた百貨店のものだった。

『なに？』

『開けてみて』

リボンを外し包装紙を丁寧にはがすと、きれいなスリーブに包まれた、見るからに高級そうな箱が出てきた。箱には白い星型のマークが記されている。そっと蓋をあけると、艶やかな布地の上に一本の万年筆があった。

『……これって、百貨店で見てたやつじゃない？』

『うん、モンブランの万年筆』

手に取ってみると、軸の部分に『R・N』と小さく金文字が刻まれている。

『凜のイニシャルを入れてもらったんだ。って言うか、そういうサービスがあるみたい。最初お店の人が「贈り主のイニシャルと合わせて〝N to R〟って入れることもできますよ」なんて言ってくれたんだけど、恥ずかしいから遠慮しといた』

そう言って夏子さんは笑った。

『へぇ、高いんじゃないの？　これ』

『まあね、安くはないよ。けど、大事に使えば一生物って言うし、「ペンは現代の男にとって刀みたいなものだ！」って、池波正太郎《いけなみしょうたろう》だったかな？　有名な歴史小説家も言ってたから。凜には、ちゃんとした物を渡したいって思ったの』
『そう、ありがとう。大事にするね。けど、学校で使う訳にもいかないなぁ』
『まあ、好きな人ができたら、ラブレターを書く時にでも使ったら？　それまでは仕舞っておけばいいから。腐ったりするものでもないし。さぁ、お赤飯食べよう』
ふと見てみると、笑顔ながら夏子さんの目は、今にも溢《あふ》れんばかりに涙をたたえていた。普段なら『なんで泣いてんの？』とからかうところなのだが、なぜか触れてはいけないと思った。

手元のノートを見ると、『百貨店』『ハンバーグとエビフライ』『二分の一成人式』『赤飯』『モンブランの万年筆』とあった。それらをぐるっと大きな円で囲む。

ふと賑《にぎ》やかな話し声に釣られて窓から下の通りを見る。中学生ぐらいだろうか、制服姿の少年たちがサッカーボールを蹴りながら通り過ぎていった。銀座に似つかわしくない一行だが、スマホで調べてみると新橋駅の近くに中学校があるようで、そこからの帰りのようだ。

僕は中学時代も特に大きな反抗期はなく、素直に育った方だったと思う。どこかで祖母である夏子さんに無理をして育ててもらっているという、負い目のようなものがあったのかもしれない。

一度だけ、中学二年の時に三者面談の帰り道に口喧嘩《くちげんか》になり『親でもないくせに』と言ってしまったことがある。その時の夏子さんの悲しそうな顔は、今でもはっきり覚えている。親しき仲にも礼儀ありではないが、親しいからこそ言ってはならない言葉だった。けれど、夏子さんは特に言い咎《とが》めるでもなく、聞き流すように黙っていた。そんな大人の対応が余計にこたえた。

高校も、大学も、家から通える所に恵まれた。とはいえ、片道二時間は覚悟しなければならず、高校時代は部活との両立に、大学時代はバイトや研究室での実験などとの調整が大変だった。学費は奨学金を得たこともあってなんとかなったが、下宿をさせてくれと頼むのは気が引けた。特に夏子さんも出て行けとは言わず、朝早くに起きて一緒に御飯を食べ、弁当を用意してくれた。

『「凜の弁当は年寄り臭い」なんて友達に言わせないからね！』

そんな宣言を勝手にし、本や雑誌、ネットを駆使して、色とりどりの弁当を毎日作ってくれた。

『私のお昼も充実して一石二鳥』

そんなことを言って笑っていたが、きっと大変だったに違いない。

夏子さんの唐揚げとミニハンバーグ、それにミルフィーユカツは絶品で、友人らから『ひとつくれ！』とよくせがまれた。ほかにポテサラや人参《にんじん》シリシリ、叩きごぼう、レンコンのきんぴらなど、副菜も美味しくて何時も弁当の時間が楽しみだった。

充実したおかずとは別に大きなおにぎりが二個、一つは梅干し、もう一つは塩昆布を用意してくれた。梅干しには焼き海苔《のり》を、塩昆布にはとろろ昆布が巻いてある。優に普通のおにぎり二個分はある大きさで、放課後の部活を経ても夕飯まで十分にお腹が持つようになっていた。

一人で暮らすようになってからコンビニのおにぎりを買うようになった。最初、手にした時に、そのあまりの軽さに驚いた。無理もない、食べ過ぎを心配している人たちが都会には多いのだ。僕などは五個ぐらい食べても本当は物足りないが、高いので三つほどで我慢している。そんなこともあって、最近は夏子さんが握ってくれたおにぎりにかぶりつく夢をみるぐらいだ。

それにしても就職を機に東京へ出てきて、改めて何もできない自分に呆《あき》れた。引っ越しの一ヶ月ぐらい前から夏子さんに家事の特訓をしてもらい掃除と洗濯は何とかなったが、料理だけはどうしようもなかった。

とりあえず、炊飯器の使い方だけは覚えたので、あとはインスタントの味噌汁《みそしる》と、買ってきた総菜で済ませている。アパートの周りにはコンビニやスーパーがたくさんあって、あちこちの総菜を試したが慣れない味で、空腹は満たされるけれど、ほっとひと心地着くには至らない。東京に出てきてから、何かを口にして、心が解《ほぐ》れたことは一度も無いかもしれない。

そんなこともあって、今日の昼は老舗の洋食屋で名物のチキンライスにエビフライと、奮発した。コンソメスープにミニサラダが付いて、ちょっと驚くほどの値段だったが、自分へのご褒美だと思うことにした。味に申し分はなく、なぜだか夏子さんと百貨店に出かけた時に食べたハンバーグとエビフライを思い出した。

そして、できればこれも夏子さんと一緒に食べたかったなと思った。今日のお昼ご飯、夏子さんは何を食べただろう。

ふとノートから視線をあげると、机の端に茶碗《ちゃわん》と細長い竹籠に収まった真っ白なおしぼり、さらに木皿に載せられたどら焼きがあった。その脇に「休憩のときにお召し上がりください」と記されたメモが添えてあった。

いつの間に用意されたのだろう。まったく気が付かなかった。学生時代の友人からも、知り合ったばかりの同期からも「凜って集中すると、周りが見えなくなるよね」と笑われている。それはどこかで甘えがある訳で、初めて訪れた文房具店の御厚意で机を借りている立場にしては図々《ずうずう》しい。我ながら恥ずかしくなった。

手元のノートには『三者面談』『初めてのケンカ』や『からあげ』『にんじんシリシリ』などが書き足されている。ところどころ、文字が滲んだり掠《かす》れたり。先ほどから涙が零れていることには気づいていた。けれど、手で押さえたら止めどなくあふれてきそうで、怖くて触れなかった。

おしぼりはほどよく冷やされていた。隣にある茶碗からは湯気が立ち昇っている。用意してもらってから、さほど時間は経ってないようだ。おしぼりを広げると両手で顔を覆った。ひんやりとして涙で腫れた瞼《まぶた》に心地よかった。

東京に向かう前日、夏子さんが『当分、私が作った物を食べさせてあげられないから』と言って、僕の好物をあれこれとたくさん作ってくれた。そして二分の一成人式以来となる赤飯も。

夏子さんの古希と僕の成人は、二人の予定が合わずに特にお祝いをせずに過ぎてしまっていた。正しく言えば、僕がバイトや研究室を優先して、都合を合わせなかっただけなのだが……。

　食卓一杯に載せられた料理に片っ端から箸をつける僕を、夏子さんは嬉しそうに眺めていた。

『夏子さんも食べなよ』

『……うん。後でね』

　乾杯したときに注いだビールの残りをちびちびと飲みながら夏子さんは頷いた。

『もう、どうしたの？　元気ないじゃん』

『えっ？　そう。うーん、張り切って料理し過ぎて、ちょっと疲れたかな』

　夏子さんは小さく笑った。

『凜、あのね』

『うん？』

『ううん、なんでもない。……東京、楽しみだね』

　夏子さんはそう言うと『東京かぁ、行ってみたいな私も』と続けた。

『遊びにくればいいじゃない？』

　夏子さんは黙って首を横に振った。

『遊びでだったら、私だって東京ぐらい行ったことがあるわよ。もう、何十年も前だけどね』

『……なんだ』

また会話が途切れた。柱にかけてある古い振り子時計がジグダグ言ってる音だけが食卓に響いた。

何分ぐらい経っただろう、僕は箸を置いて夏子さんの顔を見た。

『夏子さん、あのね』

『うん？』

『あのね、あのさ……。ずっと気になってたんだけど、僕、中学生のころに暴言を吐いたでしょ？　ごめんなさい。ずっと謝りたかったんだ、「親でもないくせに」なんて言ったこと』

夏子さんはちょっと驚いた顔をしたが、すぐに小さく笑った。

『そんなこと気にしてたの？』

『……だって、ひどいことを言った』

夏子さんは、小さく首を振るとこちらに顔を向けた。

『正直に言うと、あの時はちょっと悲しかったわ。けど、考えてみれば、あんたの母さんには、もっとひどい言葉を何度も浴びせられたんだから、これぐらい別にどうってことないって思ったの。むしろ、ちょっと嬉しかった』

『嬉しかった?』

『うん、だって、あんたは何時も私に遠慮ばかり、もっと我がままを言ってくれても良かったんだよ』

『何を言ってんだか……』

それ以上、言葉にならなかった。本当はもうひとつ言いたいことがあった。けど、何となく言いそびれてしまった。

『あのね、凜。私もあなたに謝っておかなければならないことがあるのよ』

夏子さんは手にしていたコップを置くと姿勢を正した。

『二分の一成人式があったころにね、あなたの母さんが凜を引き取りたいって言ってきたのよ』

『……そう、だったんだ』

『うん、旦那さんが海外に転勤することになって、ついて行くか迷ってるって。旦那さんには単身赴任をしてもらって自分は日本に残り、凜を引き取って二人で暮らすこともできるって。もし海外に行ってしまったら、十年は戻ってこられないから、あなたと暮らすチャンスは二度とないかもしれないって』

初めて聞く話だった。

『勝手だなって、腹が立った。けど、彼女はあなたの実の母親だからね、どうしようかと迷ったわ。「凜と話がしたい」とも言われたけど、十歳なんて多感なころで冷静な判断ができる訳が無いって私は反対したの。まあ、そんな感じで話は平行線。でね、私は賭けを提案したの』

『賭け？』

夏子さんは小さく頷くと言葉を続けた。

『あの夏に二人で百貨店に出かけたのを覚えてるかい？』

僕はやっとの思いで『……うん』と短く返事をした。

『その時に玩具売り場にお前を置いて私が少しのあいだ離れたでしょう？』

『ああ、化粧品を見に行くとか言って。すぐに戻ってくるから、ちょっとここで待ってなさいって』

『あの時に、お前の母さんは目の前にいたんだよ』

何も言葉が出なかった。

『彼女が声をかけて「母さん？」って凜が言ったら、手放す約束だった……』

夏子さんの双眸《そうぼう》からは涙があふれていた。

『あの年、私は還暦を迎えたばかりだったけど、同級生が亡くなったりして、凜が独り立ちするまで生きていられるだろうかって不安もあった。けど、これからも凜と一緒に暮らしたいって気持ちも強かった。だから、彼女に相談されたときに本当に困った。それで賭けをしたんだけど、結果を知るのが怖くて怖くて……、逃げるようにして上の階に行った。その時に、あの万年筆を注文したのよ』

夏子さんは無意識なようだが、自分の娘を『彼女』と呼び続けていた。そしてティッシュで目を押さえると話を続けた。

『二十分ぐらいして玩具売り場に行くと、あなたがプラモデルの棚を一生懸命に見ているのを見てほっとして……。思わず、その場にへたり込みそうになったのを良く覚えているわ。後で彼女から電話で聞いたけど、話しかけられなかったって言ってた。やっぱり七年も会わないでいたのは間違いだったって』

『うん……』

『凜、ごめんなさい。やっぱり、ちゃんと話し合いの場を持てば良かった。そうしていたら、あなたにとって、別の人生があったかもしれない。ごめんなさい』

『……ううん、いいよ別に』

そう言うのがやっとだった。

『ごちそうさま』

僕はそう言うと、夏子さんを残して自分の部屋に引っ込んだ。

すでに大半の荷物を送りだした部屋はがらんとしていた。

万年筆のことを思い出した僕は机の引出しをかき回した。すると、仕舞いっぱなしにしていたモンブランが出てきた。それをリュックサックにそっと入れて、その晩は早々に布団に入った。

階下で夏子さんが洗い物をしている音を聞きながら、僕は眠りについた。

手紙の清書を終えると四時半を過ぎていた。

書き出しは『前略　夏子さん、お元気ですか？　僕は元気です』とした。

つづけて初めての給料を金曜日に受け取ったことを記した。先輩社員から『初任給でお世話になった方に何か贈り物をすると良い』とアドバイスをしてもらい銀座まで買い物に出かけたこと。初めての銀座はすごい人出で驚いたこと。あまりにたくさんの店とたくさんの品物で何を選べばよいか困ってしまったこと。百貨店で貴島さんというベテランの店員さんに声をかけてもらい、相談にのってもらったこと。そして、御馳走《ごちそう》になったお茶があまりに美味しかったので、それを夏子さんに贈ることにしたこと。貴島さんから『手紙を添えると良い』と教えてもらったこと。地図を描いてもらって四宝堂という老舗の文房具店に便箋と封筒を買いに来たこと。宝田 硯さんという、いかにも老舗文房具店にぴったりな名前の店主にあれこれと丁寧に応対してもらったこと。宝田さんの御厚意で店の二階にある机で手紙を書いていること……、そんな今日一日の出来事を綴《つづ》った。

「まるで日記だな」

と独りごち、苦笑を漏らした。そして『東京にも親切な人がたくさんいます。安心してください』と記した。

書き終えた安堵感もあって、椅子の上で大きく伸びをする。腕を下ろした拍子に万年筆が入っていた箱が机から落ちた。

慌てて椅子から立ち上がり、しゃがんでみる。内側の布張りの台座は箱から外れてしまっていて、そのすぐ脇に小さく折り畳まれた紙片が落ちていた。全て拾い集めて椅子に座り直し、紙片を広げてみた。

紙片には、ちょっと癖のある夏子さんの字があった。

『凜へ

この想《おも》いをあなたに伝えることは、今の私にはできません。
なので、ここにそっと忍ばせておきます。
凜、あなたが生まれてから私は本当に幸せでした。
これから、いつまでいっしょにいられるかは分かりません。
なぜなら、私はあなたよりも五十も年上なのです。
もしも望みが叶《かな》うなら、ずっとあなたのそばにいて、その全てを見つめていたい。
あなたは、どんな大人になるのでしょう。どんな仕事に就くのかな。
どんな人と恋をするのかも気になります。悪い人に騙《だま》されないか心配です。
あなたはとても優しいから。
けれど、そんなお節介が迷惑なことも分かっています。
どうぞ、大きく羽ばたいてください。
そして、いつも凜とした人でいてください。
でも、あなたが大人になってしまうまで、
もう少しだけ、そばにいさせてください。

夏子』

どれぐらいの時間が経っただろう。何時までも涙が止まらない。五回ほど読み直したところで手を止めた。ここで止めなければ、ずっと読み続けてしまいそうだ。おしぼりで顔を拭い、夏子さんからの手紙を丁寧にたたみ直して台座の下に仕舞った。そして、清書を終えたばかりの手紙を破り捨てた。

椅子から立ち上がり、夕日に赤く染まり始めた銀座の空を眺めた。深呼吸を三回ほどして心を落ち着かせると、改めて万年筆を握り直し、真っ白な便箋に向かった。下書きを全て無視して、心の揺れに任せて万年筆を走らせた。これまでに、何度も機会がありながら逃してきた感謝の気持ちを伝えることはもちろん、夏子さんに対する僕の想いを文字にした。口に出しては言えそうにないことも、不思議なことに書くことができた。きっと、このモンブランの万年筆には夏子さんの魔法がかけてあるのだろう。

気が付けば七枚ほどの便箋が文字で埋まり、文末はこう締めくくった。

『社会人にもなって恥ずかしいけれど……、
もしも許されるのなら、今すぐに夏子さんの元へ飛んで帰りたい。
そして泣き疲れるまで泣いて、その後は夏子さんの料理を腹一杯食べたい。
けれども、仕事を放りだすようなことを夏子さんは許さないでしょう。

だから僕はもう少し頑張ります。

夏子さんも寂しいかもしれないけど、もう少しだけ我慢してください。

お盆には休暇をもらえる予定です。それまで、待っていてください。

また、手紙を書きます。夏子さんからもらったモンブランの万年筆で。

では、またね。』


ふうっ、と大きな溜息を漏らすと同時に、後ろから声をかけられた。

「できましたでしょうか?」

「はい、やっと終わりました。あの、お茶とどら焼き、ごちそうさまでした。とても美味しかったです」

宝田さんは「いえいえ」と恐縮するような仕草をした。

「あの、封筒なんですが、表書きはどうすれば良いでしょう? お茶と一緒に送るので住所などは不要だと思うのですが……」

「そうですね、送られる方のお名前は記された方が良いと思います。裏面もご自身のお名前だけで良いかと」

宝田さんは引出しから一冊の本を取り出し「ここに参考例がございます」と開いて

僕の前に置いた。見様見真似《みようみまね》で、『新田夏子様』と記し、裏面に『凜』と書いた。

便箋を三つ折りにして封筒に入れ、蓋を糊付《のりづ》けし、『〆』と封字を書き添える。

「ふうーっ」

思わず溜息が漏れる。宝田さんは小さく笑みを浮かべながらお店の紙袋を差し出した。

「貴島さんに渡すまで、汚れないようにこちらに包んでお持ちください」

これまでの僕なら、きっと「申し訳ない」と口にするのが精一杯だっただろう。けれど、気が付けば立ち上がり「あっ、ありがとうございます」と頭を下げていた。これには我ながら驚いた。

「およしください。お役に立てて嬉しいのです。さっ、マツキヤ百貨店に届けてください。もうひと頑張りです」

机の上の荷物をリュックに仕舞っていると、宝田さんが片結びをした紙きれを差し出した。

「あの、お手間をおかけするのですが、これを貴島さんにお渡し願えませんでしょうか？」

「なんです？　これ」

「まあ、ちょっとした御礼状です」

結び目には『貴島さま江』と記されており、反対側には『硯』とある。やっぱり銀座の人は違うなぁと思った。

「確かに、お預かりします」

手紙を入れた紙袋に預かりものを一緒に入れる。なんだか、大役を仰せつかった様な気分だ。

行きも迷わずにたどり着いたが、帰りはもっと簡単で、行きの半分もかからずにマツキヤ百貨店に戻ることができた。エスカレーターで地下に降りると、待っていたかのように貴島さんが立っていた。

「お帰りなさい」

「遅くなりました」

まるで夏子さんとの会話みたいだ。可笑しくて笑みが零れた。

「お待たせしました、これ、お願いします」

僕はリュックから手紙を取り出して貴島さんに渡した。驚いたことに貴島さんはそれを両手で受け取り、拝むように頭をさげた。

「確かに、お預かりします」

　そのキリッとした顔はとても美しい。思わず見とれていると、宝田さんから預かったものを思い出した。

「それと、四宝堂の方からこれを預かりました」

　僕はそう言って片結びされた紙片を差し出した。

　すると貴島さんは「へぇ、硯ちゃんも洒落たことができるようになったものねぇ」と砕けた口調で言い放ち、すぐに結び目を解いた。

「なんて書いてあるんですか？」

「あら、恋文かもしれないのに、そんなことを聞くなんて無粋ね。なーんちゃって、『良いお客様をご紹介くださり、ありがとうございました。新柄の絵葉書が多数入荷しました。近々のお立ち寄り、心よりお待ち申し上げます』だって。もうちょっと艶っぽいことが書けないのかしら。まっ、でも硯ちゃんにしては上出来だわね」

　そう言って朗らかに笑う貴島さんに、僕は姿勢を正すと頭を下げた。

「色々とお世話になりました。ありがとうございました」

　貴島さんは少し驚いた顔をしたが、すぐに背筋の伸びたきれいなお辞儀をした。

「とんでもございません。こちらこそ、ありがとうございました」

思った時にちゃんと「ありがとう」と言えた。ほんの小さなことかも知れないけれど、僕にとって、それが今日一番の収穫かもしれない。

＊　＊　＊　＊

雨の銀座は新版画の題材に用いられるなど絵にはなる。けれど、アーケードや地下街が無い故にどうしても客足は鈍る。

開店準備を終えた四宝堂文房具店店主の宝田 硯は、入り口の脇に傘立てを出した。雨に濡《ぬ》れた柳の新緑が目に心地よく、店の前にある古いポストの朱色も映える。道行く人もまばらな通りを少しばかり眺めると店内へと戻った。

観音開きのガラス戸を閉めようとすると、一人の若い客がやって来た。硯は閉じかけた戸を手で押さえると「いらっしゃいませ」と柔らかな声で言った。

「覚えてますか？　僕のこと」

若い客はいたずらっ子のような笑みを浮かべながら手にしていたビニール傘を丁寧に畳むと傘立てに差した。

「もちろんですとも新田様、いらっしゃいませ」

「名前まで覚えてたんですね」

驚きを隠さない新田を迎え入れながら硯は言葉を足した。

「ええ、真剣に手紙と向かい合われていたお姿を忘れるはずはございません」

新田はちょっと恥ずかしそうに頭を掻《か》いた。

「先日は大変お世話になりました。あの後、すぐに祖母から返事が届きました。文面を見て、喜んでくれているのが良くわかりました。何か心に閊《つか》えていたことが、手紙のやり取りでとれたような気がします」

「それは、それは。何よりです」

「それと、あの日以来、仕事でも万年筆を使っているのですが、ちょっと迷ったりした時にモンブランが背中を押してくれているような気がするのです。これまでは引っ込み思案で、言うべきことが言えてなかったのですが、最近は少しずつですが、ちゃんと主張できるようになった気がします」

「ほぉ、そうですか」

硯は驚きの声を漏らした。

「なので、祖母に近況を知らせる手紙を書きたくなりまして、お邪魔しました。便箋と封筒は前の残りがあるのですが、ちょっと別の物が欲しくなりまして。何かお薦めはありますか？　それと、今日も二階の机を借りてもいいですか？」

「はい、もちろんです」

硯は朗らかな声で返事をすると新田を伴って売り場の奥へと消えた。

生憎《あいにく》の雨。けれども東京は銀座の片隅、四宝堂文房具店には、良い日和となりそうな暖かくも柔らかな空気が漂っていた。

システム手帳

お店でも相当に飲むピッチをあげたつもりだけれど、やっぱりアフターに付き合うことになってしまった。結局、お客さんをタクシーに乗せたら三時を過ぎていた。

部屋に戻りシャワーを浴び、そのまま机に向かえば良かったのに、ちょっとだけとソファに座ったのが悪かった。気が付くとレースのカーテン越しに朝日が見えた。どれぐらい寝てしまっただろう。

慌ててダイニングに移動し、置きっぱなしにしているパソコンを開いた。思った通りメールが溜《た》まっている。ほとんどが『フロアレイアウトの件』や『ロゴデザイン選定の進め方』『男性スタッフの採用について』といった相談や確認だ。

たくさんの未開封メールがあるにもかかわらず、一通の表題が目に飛び込んできた。

『明日までに必ずお願いします』

表題と差出人を見ただけで、本文を読まなくても内容は分かる。

私だって早く何とかしなければと思っている。けれど、どうしたら良いのか分からない。苦し紛れに無駄だと分かりながらも、あれこれとネット検索をしてみた。けれど、一般的な話ばかりで、今の私にはまったく役に立ちそうもないことばかり。

そもそも、必要な物が手元にない。昔のホステスは筆まめでないと務まらなかったそうだが、今どきはスマホがあれば事は足りる。むしろ自宅にしろ勤め先にしろ、手紙などを送りつけても迷惑がられこそすれ、喜ぶお客さんは滅多《めった》にいない。

「……やっぱり、まずは買い物かな」

思わず独り言が漏れた。私は何事も形から入る方だ、趣味にしろ仕事にしろ。道具や衣装を揃《そろ》えないと気分が上がらない。この辺は文《ふみ》ママの影響が大きいと思う。

そうと決めると少しだけ気分が晴れてきた。コーヒーメーカーに豆をセットし、食パンをトースターに入れる。フライパンにベーコンを並べて卵を落とし、レタスを千切る。オレンジジュースを添えれば立派な朝食のでき上がり。

文ママの教えを頑《かたく》なに守り、何年も取っている五つの全国紙と二つのスポーツ紙を斜め読みしながら朝食を済ますと、地味なパンツスーツに着換える。手早く控え目の化粧を施し、買った物を持ち帰ることを考えて、大きめのトートバッグに財布やスマホ、そして愛用のファイロファックスのシステム手帳を放り込む。

玄関脇の姿見で服装をチェックしヒールの低い靴を選ぶ。ここ最近は、お店への通勤以外は極力電車やバスなどの公共交通を使うようにしている。忙しくてジムに満足に通えていない私にとって、ほんのちょっとした距離だったとしても歩くことは大切な運動だ。

部屋から銀座までは、タクシーなら三十分もかからないけれど、電車を使うとなると駅までの歩きや二回の乗り換えなどで五十分はかかる。しかも、七丁目・八丁目付近と違い、今日の目的地あたりには土地勘がない。

スマホの地図を頼りに路地を歩くと、ほどなくして目印の丸いポストを見つけた。嬉《うれ》しくなって足早に入り口に近づく。しかし……。

『定休日』

ガラス戸の内側に掛けられた木札には、墨書きではっきりとそう書かれていた。慌ててさっきまで見ていたお店のホームページをもう一度確認する。『定休日・毎週水曜』と明記されている。しかも営業時間は『午前十時～午後七時』。今は水曜日の午前九時を少し回ったところ、店内には人影はおろか灯《あか》りさえない。

「……やってしまった」

早とちりは私の悪い癖だ。

「いかがされましたでしょうか？」

不意に後ろから声をかけられて飛び上がる。慌てて振り向くと、グレーのポロシャツにベージュのチノパンを穿《は》いた三十代半ばの男の人が立っていた。飛び上がった私の動きに驚いたのか、腰が引けて口が半開きになっている。

「いえ……、ああっ、驚かせてすみません。こちらに来てみたら休みだったので、途方に暮れているだけです」

「そっ、それは失礼しました。申し訳もございませんが、今日は定休日でして」

男の人は本当にすまなそうに深々と頭をさげた。

「えっ、あの、もしかして、こちらの方ですか？」

不躾《ぶしつけ》かなとは思ったが、尋ねずにはいられなかった。

「はい、そうですが……」

「あの！　お休みのところ大変申し訳ないんですけど、どうしても今日のうちに退職願を書かなければならないんです。なので、そういったことに使ってもおかしくない、きちんとした便箋と封筒を見繕って欲しいんです。お休みのところ申し訳ないのですが何とかなりませんか？」

男の人はちょっと首を傾《かし》げて少し考えるような素振りを見せたが、小さく頷《うなず》いた。

「はい、ではこちらへ。わざわざ足をお運びいただきましたし、何か深い事情があるようですから、御用意しない訳には参りません」

そう言って先に立って歩き出した。

後について行き店舗の裏手へと回ると、お店の雰囲気に似つかわしくない古い木製の門があった。門柱には『四宝堂《しほうどう》　通用口』という小さな看板と、『宝田《たからだ》』という表札が掛けられていた。この人は宝田さんと言うらしい。

宝田さんの後を追って門をくぐり、木戸を閉める。

「どうぞ、こちらへ」

宝田さんは引き戸の玄関を開けた。三和土《たたき》には左手にも右手にもさらに引き戸があった。宝田さんは右側の引き戸を開くと、「こちらです」と誘《いざな》った。そこはお店の売り場だった。

「お邪魔します」

私が売り場に出ると、宝田さんは後ろ手で戸を閉めた。誰もいない店舗は、当たり前だがしんっと静まり返り、並んでいる品物も眠っているように見える。まだ午前中の比較的早い時間ということもあって、通りから差し込む日差しも少なく、照明が落とされたままの店舗はどこか寂し気に暗い。

同じお店でも、私が勤めている所はまったくの逆。営業時間中は柔らかな暖色の間接照明が灯《とも》されているが、どちらかといえば抑えめに調光されている。しかし、営業時間外は白色LEDが煌々《こうこう》と灯され、営業中にあれだけ探したのに全く見つからなかったピアスやお客様のカフリンクスなども大概は簡単に見つかる。

「さっ、こちらへどうぞ」

宝田さんが広げた手で案内してくれた先には、様々な商品が並んだ棚があり、そこを通り過ぎると階段があった。薄暗い階段の先に仄《ほの》かに明るい二階が見える。

「すみません、御足労をおかけするのですが二階でお願いします。一階でお話を伺っておりますと、営業していると勘違いをされるお客様がいらっしゃるかもしれませんので」

宝田さんは「さっ、どうぞ」と二階へと促した。

ワンフロア上がっただけなのに、二階はとても明るかった。ブラインドが全て上げられているからだろうか、とても開放的に見える。

右側には畳敷きの小上がりがあり、反対側の壁一面には引出しや引き戸が設《しつら》えられている。まるで台湾で見た漢方薬局の薬棚みたいだ。

部屋の中央には横長の作業台が六つほど、ロの字型を描いて置いてある。オフィスの会議室などに置いてある机に似ているが、奥行きも幅も一回り大きく、天板はがっしりとした合板で、脚と幕板も太い。キャスターは台車につけられているようなゴム製でストッパーの金具も大きい。なんとなく演劇の舞台装置っぽい。

左奥の窓際には大きな机があった。こちらは随分と時代を感じさせる風格で、白く明るい部屋の中で異彩を放っていた。

「では、こちらへどうぞ」

宝田さんは中央の作業台に添えて置いてあった椅子を引いた。

「ありがとうございます」

素直に勧められた席に座る。すぐ足元にトートバッグを置き、中からシステム手帳とクロスのボールペンを取り出し机に置いた。別にメモをとる必要があるとも思えないけれど、習慣というか癖というか、とにかく机のある場所に座ると無意識のうちに取り出してしまう。

「声がきれいですね。それに『ありがとうございます』というイントネーションも心地よいです。よほど練習をなさったのでしょうね」

宝田さんはそう言って笑うと「ちょっと、お待ちください」と言葉を重ねた。

そのまま壁に設えられた引出しに近づくと、中から便箋と封筒を何種類か取り出し、私の前に並べた。

「この辺がシンプルで、どのような用途にも耐えうるものです。地味に過ぎるとも思いますが、退職願にお使いになるなら、その方が良いかと……。あの、大変失礼ですが『退職届』ではなく『退職願』でよろしいのですね？」

「ええっ？　ああっ、はい、退職願のつもりです。けど、退職願と退職届は違うものなのですか？」

宝田さんは小さく頷いた。

「『退職願』は辞めたいという打診をするものです。対して『退職届』は退職することについて内諾を得ている人が正式に書面で意思表示するためのものなのです」

「……へぇ、そうなんですか」

「あの……、退職を希望されていることを上司の方にお伝えになられていないのでしょうか？　一般的には口頭で退職希望をお伝えになるのが大半で、『退職願』や『辞表』といったものを書いたり出したりするのは珍しいと思うのですが……」

私は答えに詰まった。

「……、その、言い出そうにも、言い出せなくて。なので、まずは退職願を渡してみようと思ったのです」

宝田さんは「うーんっ」と唸《うな》ったたまま、しばらく黙り込んだ。

「差し出がましいのですが、なにやら事情がおありかと。よろしければ、少しお話を伺えますでしょうか？　これも何かの御縁と存じます。私なりに手立てを考えてみたいと思いますので」

「はぁ……、けど、御迷惑では？」

宝田さんは小さく首を振った。

「いえ、どうせ住まいと職場は一緒ですから。この後も特に予定はありません。なんなら、午後から商品の入れ替えでもしようかと思っていたぐらいです。ですから、どうぞお気になさらずに」

宝田さんは、そう返事をすると見せてくれた商品を元の引出しに仕舞った。

「すっ、すみません」

思わず立ち上がって頭を下げた。宝田さんは「おやめください。お客様にそのような事をさせては罰があたります」と慌てた。そして言葉を続けた。

「えーっと、お話を伺う前に……、お茶を用意してきても良いですか？」

「お茶？　ですか。もちろん、どうぞ。我がままを言っているのは私ですから」

宝田さんはほっとしたような顔をして深く頷いた。

「では、用意してまいります。すぐ戻りますので、少しだけお待ちください」

そう言って戸の向こうに消えて行った。

思わず溜息《ためいき》が零《こぼ》れる。伸ばしていた背筋がぐにゃりと曲がり、椅子の背もたれに体を預ける。やはり寝不足だからか集中力が続かない。

私はシステム手帳を手に取り、『ＴｏＤｏ』のインデックスに指をかけて開いた。そこには『印鑑証明』『住民票』『開店案内草稿』といった言葉に続いて『退職願』とあった。その三文字の前には赤い星印があり、さらに波線で強調してあった。それを目にしたとたん、また溜息が零れた。

ぼんやりしていると不意に戸が開く音がした。慌てて背筋を伸ばす。こんな所を文ママに見られたら大目玉だ。

『誰かが見ているとか見ていないとかの問題じゃあないの。常に自分を客観的に見張っている〝もうひとりの自分〟を心の中に作りなさい。何と言っても、自分を騙《だま》すことはできないのだから』

きっと、そう言われるだろう。我ながら、まだまだ修業が足りない……、そう思った。やっぱり、私がやろうとしていることは無謀なのかもしれない。

「お待たせしました」

宝田さんは長手盆を手に戻ってきた。それを机に置くと、ポケットから名刺入れを出し、中から一枚を抜くと、私に向かって差し出した。

「御挨拶が遅くなり申し訳もございません。文房具店『四宝堂』の店主をしております、宝田 硯《けん》と申します。何卒《なにとぞ》よろしくお願い申し上げます」

急に丁寧な挨拶をされてしまい、こちらが慌てる番だ。鞄《かばん》に手を突っ込んだが、出がけにバタバタと中身を放り込んだこともあって名刺入れが入っていなかった。「あっ！」と思ったが、冷静な顔を装ってシステム手帳のカードポケットに差してあった予備の名刺を一枚取り出す。

「『クラブふみ』のユリと申します」

「クラブと言いますと、あの高級クラブとかの、あれですか？」

「ええ、そうです」

「『クラブぅ』と語尾が上がる方じゃなくて、『クラブ』なんですね？」

思わず笑ってしまった。勝手な思い込みだが、硯さんの口から「クラブぅ」なんて言葉が出てくるとは思ってもみなかった。硯さんは「すみません、話の腰を折ってしまって」と詫《わ》びた。

「いえ、私が勤めている『クラブふみ』は、銀座でも指折りの有名店です。オーナーでもある文ママが、前回の東京オリンピックの年にオープンさせたので、半世紀を超える歴史があります」

硯さんは「あー」と短く漏らす。

「銀座に長年暮らしておきながら大変恥ずかしいのですが、クラブというものに全く縁がないのです。そんな私でも『クラブふみ』の名前は知っています。銀座を案内する雑誌や、クラブを特集するテレビ番組でよく取り上げられてますよね？」

硯さんは私の話をしっかりと聞きながら、急須に茶葉を入れた。

「ええ、文ママは銀座のいわゆる水商売と呼ばれる業界で働く人たちの地位向上につながる取材であれば応じています。その代わりに、お店の中にカメラを入れたことは一度も無いと思います。何時《いつ》も取材は事務所の応接室で受けています」

そんな受け答えをしながら、硯さんは茶碗《ちゃわん》と湯呑《ゆの》みに急須の中身を注《つ》ぎ分けた。少しずつ順番に茶碗と湯呑みを行き来して、均一な濃さになるように。少し離れた場所に座っているはずなのに、お茶の良い香りが漂ってきた。たった一杯のお茶で、これほど豊かな香りが広い部屋に満ちることに驚いた。

「どうぞ」

茶托《ちゃたく》に両手を添えて硯さんが私に差し出した。思わず「頂戴します」と深々と頭を下げた。まるで茶道のお点前《てまえ》みたいだ。はしたないとは思ったが、すぐに蓋を外し、茶碗を手にした。

顎のあたりまで引き上げたところで、香りが鼻をくすぐった。いや、くすぐったどころではない、直撃だ。ふーーっと息を吹きかけ、そっと口に含む。唇の隙間からスッと入ってきた茶は、口内をくるっと一周すると喉へと駆け抜けていった。味わいは甘く、旨味《うまみ》が強く感じられ、鼻腔《びこう》に抜ける香りはさらに心地よかった。

「ああっ……、美味《おい》しい」

思わず声が漏れる。

「良かったです」

硯さんが小さく微笑《ほほえ》む。そして話を促すように呟《つぶや》いた。

「では、よろしければお話を伺いたいと思います」

私は小さく頷いた。

私が文ママに初めて会ったのは上京してすぐのころ。私は高校の先輩の紹介で、銀座の生花店でアルバイトを始めたばかりだった。私の仕事は、クラブやスナック、料亭、レストランといった飲食店に生花を届けること。けれど銀座は路地が多く、伝票に書かれた住所を探し当てるのに苦労をしていた。そのころ私の携帯はまだガラケーで、地図アプリなんて持ってなかった。

その日も、どうにもお届け先が見つからず、お店で借りたポケット地図と伝票を手に途方に暮れていた。配達に出てから三十分はとうに過ぎ、指定されたお届け時間が刻々と迫るというのに。四月下旬で、さほど暑い訳でもないのに、歩きまわったからか、額から汗が流れ落ちるほどだった。

『どうしたの？』

不意に声をかけられた。

『あっ、あの、ここ、ここに行きたいんですけど……。どこか分かりますか？　天ぷら屋さんみたいなんですけど』

私は不躾にも伝票を差し出した。その人は見るからに高級そうなスーツを身に着けた女性で、とても良い香りがした。ふと、自分の汗臭さが気になった。

『あら、すごい偶然ね。私、これから、ここに行くのよ。良かったら一緒に行きましょう。すぐ、そこよ』

続けて『こっちよ』と手招きすると、先に立って歩き出した。

『あなた、お花屋さんなのね。アルバイト？』

ちらっとふり返りながら、その人は言った。

『ええっ、はい。先週から始めたばかりなんですけど』

『そうなの？　まあ、ある程度の土地勘を得るまでは大変かもしれないわね。けど、運動にはなるし、お花をたくさん見て美意識を磨くこともできるし、お届け先の方々にあれこれと勉強になることを教えてもらえるでしょうから、いいアルバイトだと思うわ。頑張ってね。ほら、ここよ。ね？　すぐでしょ』

本当に三分とかからずに、お届け先に到着することができた。

『さ、届けてらっしゃい』

『あっ、あの。どうぞ、先にお入りください。ご指定の配達時間までは、まだ余裕があります。お陰様であんなに迷っていたのに、すぐに着くことができました。あっ、すみません、お礼を言い忘れてました。ありがとうございました』

私は慌てて頭を下げた。その人は朗らかな笑い声をあげて首を振った。

『大袈裟《おおげさ》ね、けど、嬉《うれ》しいわ、役に立てて。それにしても、あなたは礼儀正しくて、気遣いもできて、素直で……。今どき、ちょっと珍しいかも。じゃあ、また、どこかでお会いしましょう』

その人はお店に入ることなく立ち去ろうとした。

『あの、お店に寄らなくていいんですか？』

『うん？　ああっ、急に用事を思い出しちゃって。後で寄ることにするわ。じゃあね』

そんな言葉を残すと来た道を戻って行った。そこへ天ぷら屋の御主人が出てきた。

『ああっ、花屋さんか。ごくろうさん。今、誰かと話してたかい？』

『ええ、あの方と。道に迷ってたところを、わざわざ案内してくれたんです』

遠ざかる後ろ姿を指し示すと御主人は『ああっ』と声を漏らし、大きな声で『こんちはー』と声をかけた。すると、その人は驚いた様子で振り向くと、軽く会釈をしてから手を振った。

『どなたなんですか？』

『えっ、知らないで道案内してもらったの？　まあ、君みたいな若い子なら無理もないかぁ。あの方はね、文ママといって銀座の高級クラブの顔とでも言うべき人なんだよ』

その日、仕事を終えると、お店に頼んで真っ赤な薔薇《ばら》を一輪、包んでもらった。普通、店員は売れ残って花びらが開ききった物を買うのだが、その日は普通の売値で良いからと無理を言って、一番状態のよい真っ赤な薔薇を譲ってもらった。たった一輪だけど千円もした。

私はそれを携えて『クラブふみ』の戸を叩《たた》いた。夕方の五時で、まだお客さんは一人も居なかった。とはいえ、ジーンズにスニーカーで化粧も全くしていない十八歳の女の子は全くの場違いで、思い出すだけで冷汗がでる。それぐらい向こう見ずだった訳だけれど、どうしてもちゃんとお礼をしたかった。

後になって総支配人と分かったけれど、戸を開けてくれたのはダークスーツを着たおじさんだった。文ママに会いたいと言うと、ちょっと驚いた顔をされたが、入ってすぐのカウンターまで通してくれて、文ママを呼んでくれた。

出てきた文ママは昼間とは違い、着物姿で髪もきれいにセットされていた。

『あら、お花屋さんじゃない。どうしたの？』

『あっ、あの、今日はお世話になりました。で、そのお礼と思ったんですけど……』

カウンターの一角には、大きな花瓶にたっぷりの花が活《い》けられていて、さらに奥には立派なアレンジメントが飾られていた。とてもではないが、一輪の薔薇なんて、恥ずかしくて渡せない。

『その手にある物を見せて頂戴』

すっかり見透かされている。私はおずおずと薔薇を差し出した。

『これを私にくれるの？　もらっていいの？』

『すみません。天ぷら屋さんの御主人にお店の場所を教えてもらったんです。けど、こんな立派なお店だと知らなくて……。昼間は本当にありがとうございました』

私は薔薇を差し出した。文ママはそれを両手で受け取ると、深々と頭を下げた。

『とんでもない。こちらこそ、わざわざ、このような立派な薔薇までご用意いただいて、ありがとうございます。さっ、ちょっと、そちらに座って』

その言葉に総支配人はスツールを引いてくれた。

『えっ、いえ、御迷惑になりますから、すぐ失礼します』

『何を言ってるの。ここはクラブなのよ。戸をくぐった人に、何も飲ませないで帰せる訳にはいかないわ。ああっ、その前に、あなた何歳？』

十八だと答えると『うーん、残念。シャンパンを開ける言い訳をつかみそこねた！』と笑い、『特製のフレッシュジュースをこちらにお願いね』とバーテンダーに声をかけた。そして『ねえ、これをクリスタルの一輪挿しに活けてくれない』と続けた。

　バーテンダーが恭しく薔薇を受け取り、丁寧に一輪挿しに活ける様子を二人で黙って見つめていた。その間に別のスタッフさんが私の前にジュースの入ったグラスを、文ママの前にはフルートグラスを置いた。総支配人が『とても良い出会いのようですから、これは私から文ママへのプレゼントです』とシャンパンを注いだ。

『あら、太っ腹！　ありがたくいただくわ』

　その言葉に応えるように、私と文ママの間に一輪挿しがそっと置かれた。

『ねえ、あなた、深紅の薔薇、それが一輪の場合の花言葉を知ってる？』

　恥ずかしいけれど、知らなかった。私は首を振った。

『一目惚《ひとめぼ》れ、なのよ』

　多分、私は真っ赤な顔をしていただろう。けど、間違いなく、私は文ママに一目惚れをしていた。

『さ、乾杯しましょう。ああ、そうだ、まだ、ちゃんと御挨拶してなかったわね』

　文ママは総支配人がそっと差し出した名刺を受け取ると私にくれた。

『ここのママをしている文です。よろしくね』

　私は両手で受け取ると『川相《かわい》ゆり、です』と名乗った。

『ユリちゃんかぁ……。ユリちゃんが薔薇を一輪くれました。なんか、小説になりそうな話ね。けど、百合《ゆり》一輪じゃなくて良かったわ』

『あの、花屋でバイトをしていながら恥ずかしいんですけど、花言葉を全く知らなくて……。百合が一輪だと、どういう意味なんですか？』

後ろで控えていた総支配人が『脇から失礼ですが……。私の記憶違いでなければ、〝死者に捧《ささ》げる〟だったような』と言った。私は慌てて『そっ、そうなんですか？』と返した。その様子を文ママは楽しそうに見つめ言葉を足した。

『確かに、口の悪い人からは〝あれはお化けか妖怪に違いない〟って言われてるからねぇ。けど、まだまだくたばらないわよ！』

その可愛《かわい》らしい口調に思わず笑ってしまった。

『ねえ、あなた。二十歳になったらうちでアルバイトしない？　ああっ、すぐに返事をしてくれなくていいわ、良く考えて。というか、二十歳になったら、その名刺の裏に書いてある【事務所】って場所に顔を出してくれればいいわ。あなたは本当に素直だし、愛嬌《あいきょう》があるし、いいわ。ねえ、この子、覚えておいてね』

その声に総支配人は『かしこまりました』と頭を下げた。

そんな訳で、私が『クラブふみ』で働くようになったのは大学三年のゴールデンウィーク明けからだ。だから、かれこれ十年になる。一般的にクラブのホステスは十八歳以上であれば働くことができるのだが、『クラブふみ』は二十歳以上しか採用しない。なので私も二年待った。文ママ曰《いわ》く『お酒の場でしょ？　お客様にすすめられて飲めませんはないわ。もちろんお酒が弱くたって構わないし、無理に飲む必要はないけれど、法律違反の片棒をお客様に担がせる訳にはいかないの』とのことだった。

そう言えば文ママは喫煙者も採用しない。ホステスはもちろん男性スタッフも。『愛煙家のお客様に喫煙しない女の子をつけても問題にならないけど、苦手なお客様に煙草《たばこ》を吸う女の子はつけられないでしょ？』

もっともな理由だが、一時期は随分と採用に苦労したと聞く。もちろん入店後も、煙草を吸い始めると臭いに敏感な文ママはすぐに察知して『煙草を止《や》めるか、お店を辞めるか、どちらかを選びなさい』と厳しく迫った。実際にそれが理由でお店を去ったホステスやスタッフが何人かいる。

そもそも、都の条例ができる随分と前からお店は禁煙で、私が入店したころにはすでに喫煙室があった。どうしても煙草を吸いたくなったお客様には、そちらへ移動してもらっていた。そんな不便を強いるのに、ずっと繁盛してるなんて、やっぱり『クラブふみ』は不思議な店だ。

もっとも、常連の多くは健康に気を配っている方ばかりで、煙草を吸う人は少なかった。それに愛煙家といっても煙草を吸う人よりも、香りを楽しむ葉巻やパイプを好む人が大半だった。そういう人たちは一旦喫煙室に入ると一時間は出てこない。喫煙室の中で愛煙家のお客様だけで何を話しているのか、大いに盛り上がっている。高いお金を払って、何しに来たのか分からない。

脱線してしまったが、他にも学生アルバイトには色々と制約があった。

『学生の本分は勉強です。だから、アルバイトとしてちょっとだけ働いてもらえれば私としては満足よ。あなた達も、それでそこそこの額は稼げるはず。変な贅沢《ぜいたく》をしたり、おかしな男に貢いだりしなければ十分でしょ？』

文ママはそう言ってアルバイトと、フルタイムのホステスとを峻別《しゅんべつ》していた。今でもそうだが、学生バイトのホステスは同伴出勤もアフターも禁止されている。

「あの……、同伴とかアフターって何ですか？」

不意に硯さんが口を挟んだ。

「えっ？　ああっ、そうでした、ご存じないですよね。同伴出勤は、開店前に夕飯をごちそうになって、そのままお客さんと一緒にお店に出勤することです。お食事をごちそうになるとはいえ、時間外にお相手をする訳ですから、ある意味で営業活動です。アフターは閉店後に、一緒に飲みに行くことです。こちらも時間外の営業活動です」

「へぇ……、お店の外でもお相手をしなければならないなんて、大変ですね」

同伴出勤をしようと思えば、六時にはレストランなり料亭に行かなければならない。準備やなんかで四時には銀座に出てこなければならず、そうすると午後から夕方にかけての授業に影響がでてしまう。

アフターは閉店後なので、早くても二時ごろまで付き合わなければならない。そこから帰宅をして、あれこれしていたらベッドに入れるのは明け方。とてもではないが一時間目には間に合わない。

そんなことが重なると学校から足が遠のき、中退することになってしまう。そういうことを文ママは嫌っていた。

『せっかく学校に通ってるんだから、ちゃんと卒業しなさい。今は勉強に意味を見出《みいだ》せなかったとしても、きっと卒業証書を手にして良かったと思う日が来るわ』

そう言ってバイトホステスの出勤には気を配って調整していた。試験の時期やゼミや研究室の合宿などがある場合は遠慮せずに休むことができた。

ちなみに文ママに成績表のコピーを提出すると、その良し悪《よあ》しでポケットマネーから お小遣いをくれた。Sはひとつにつき三千円、Aだと千円、BとCはゼロ。不合格のDはマイナス五百円、Fだとマイナス千円。もらえるのは一万から二万の間ぐらいで、文ママにしてみれば、ちょっとした額なのだが、それでもバイトホステスにしてみれば臨時収入な訳で、やっぱりモチベーションにはなる。

働かせる時間についてはアルバイトとフルタイムをしっかり峻別する文ママだったが、教育は一切妥協をせず、勉強会はベテランだろうが新入りだろうが、全員が必ず受けさせられる。

「勉強会？　お店に誰か講師をお招きして講演でもしてもらうのですか？」

硯さんの反応も無理はない。

「ええっ、毎月一回ほどの頻度なのですが……。講師の先生は一流の方ばかりだし、あれこれと趣向を凝らして受講者である私たちを退屈させません。なので私は楽しみなぐらいです。えっ？　内容ですか？　そうですね、政治とか経済とか、その時々で話題になっている科学分野の話とか。それと歴史も多いかな。ママと支配人たちが相談して一年間のカリキュラムを組むそうです」

「へぇ、すごいですね」

硯さんは顎に手をやり、しきりと感心している。

「そうですね、あれこれと、お客様が気持ちよくお話しになれるような知識をバランスよく身につけられるようにと工夫しているそうです。そう言えば、講師の先生が帰られた後に、必ず文ママはこう付け足します。『はい、いま習ったことは頭の引出しに仕舞って、決してお客様の前でベラベラと話すようなことはしないで頂戴。お話相手として会話が弾むように勉強してもらってることを忘れずに。仮に先ほど先生から習ったことと違う話をされるお客様がいても、絶対に否定なんてしないこと。いいわね』って」

「そんな話を聞いたら、ますますクラブに行くのが怖くなりました」

硯さんは大きな溜息をつきながら、そう言った。

「うーん、それは困りましたね。けど、一流のホステスはみんな聞き上手なので、ほとんどのお客さんは気づいてないと思います。まあ、いずれにしても、文ママは勉強しているホステスやスタッフを応援してました」

そう、文ママはどんなに小さなことでも、頑張っている人をちゃんと見ている。

『クラブふみ』で働き始めて二週間ほどしたころ、私も初めて勉強会に参加した。その時のテーマは『スーパーコンピューター』だった。文系の私にはチンプンカンプンで、正直に言うと全く分からなかったけど、とにかく先生の話をノートに書き留めた。あまりに分からないことばかりなので、ほとんど平仮名と片仮名ばかりの稚拙なノートでとても他人には見せられない。とりあえず気になった単語だけでも、あとで調べてみようと思っていた。

講義が終わり、先生がお帰りになると、文ママが私に近寄って来た。

『偉いわねノートをとるなんて』

お店に来る前に百均で買ったノートとボールペンを私は手にしていた。

『毎月一回の頻度で勉強会はあるから、それは習慣になさい。ノートを広げてメモをとりながら〝一生懸命に聞いてます！〟っていう真剣な表情を、きっと先生方も見ていると思うわ』

文ママに褒められて、私は嬉しかった。

『けど……、そのノートとボールペンはちょっとないわ。一流のホステスはね、身の回りには一流の物しか置かないのよ。ああっ、一流品が必ずしも高価とは限らないから、そこは勘違いしないこと。どんなに値段が高くても下品な物は一流と呼ばれないから』
そして『じゃあ頑張ってね』と言って、離れていった。文ママから声をかけてもらえて嬉しかったけど、その内容は私には難しいものだった。
その日の帰り道、少し遠回りをして百貨店のショーウィンドーを眺めた。煌《きら》びやかなディスプレーを見れば、少しは一流とは何かが分かるかもしれないと思った。けれど、何も手掛かりはつかめなかった。
次の日、出勤してロッカーを開くとリボンのかけられた包みが入っていた。包みを解くと、中からは文ママの字と思《おぼ》しき一筆箋《いっぴつせん》が添えられたノートが出てきた。
『ユリちゃんへ
昨日、頑張ったご褒美です。これからもよろしくね。
ふみ』
ノートは革のような素材の表紙が付いた立派なもので、開いてみると『ファイロファックスノート・クラシック』と書いてあった。さらにノートの脇には金色のボールペンがあった。添えられた保証書には『クロス　ボールペン　クラシックセンチュリー十四金張N1502』と記されていた。
ペンのクリップの脇には控え目な大きさで『Ｙｕｒｉ』と筆記体で刻印されている。

それまで、誰かにご褒美なんかもらったことが無かった。突然のことに戸惑いながらも、嬉しくて嬉しくてたまらなかった。

その日、お客様のお見送りからお店へと戻るエレベーターで二人っきりになる機会を見つけ、私は文ママにお礼を言った。すると文ママは小さな笑みを口元に浮かべて『どういたしまして』と短く答えると、私の肩をポンと叩いた。

その晩、部屋に帰ると前の日に百均のノートにとったメモを書き写した。ちょっと重さのあるクロスのボールペンは、その重さ故にペン先のボールの走りが心地よく、するすると書くことができた。以来、勉強会のメモは文ママから貰《もら》ったファイロファックスのノートと、クロスのボールペンでとり続けている。ノートはとっくに使い切り、同じものを見つけて買い続けている。もう五冊目だ。


「なるほど、それでシステム手帳もファイロファックスをご愛用なんですね」

少し離れて座っているのに、硯さんは私のシステム手帳のブランドを言い当てた。流石《さすが》は老舗《しにせ》文房具店の店主。

「ああっ、いえ、これはこれで、別の機会に文ママからいただいたものなのです」

「文ママという方に、ますます会いたくなりました。筆記用具の贈り物は、実はとても難しいのです。デザインや色、大きさといった見た目の好みも人それぞれですし、さらにペンも紙も書き心地は品物によってかなり違います。受け取られる方のことを良くご存じでないと、喜んでいただけるような物を選ぶのは難しいのです」

「そうなのですか……。まあ、文ママはプレゼント魔で私以外のホステスやスタッフにも、あれこれと小まめに贈り物をしてました。誕生日とか入店記念日みたいな特別な日はもちろん、『なんで今日？』って日にもくれるんです。落ち込んでいる日とか、逆に浮ついている時なんかに」

硯さんは「うーん、凄《すご》いなぁ……。まるでお母さんですね」と呟いた。そう、文ママはお店で働く人みんなのお母さんだ。

お店で開く勉強会以外にも、文ママはホステスやスタッフが何かを学ぶことを応援してくれた。そんなこともあって、総支配人をはじめ、何人かの支配人やフロアマネージャーはソムリエ資格を持っていたりする。バーテンダーもホステスを置かない本格的なバーで通用するほどの腕前の人が何人もいて、国際的な競技会で入賞したりしていた。ちなみに『クラブふみ』では、カウンターの内側はバーテンダー、外はフロアスタッフと役割を分けている。

ソムリエ資格やバーテンダー技術といったお店の営業に直結する知識や技術はもちろん、それ以外のことも文ママは勉強することを応援し、内側の人には調理師や栄養士、外側の人には簿記や労務管理士といった資格を取るようにと促した。場合によっては専門学校や通信教育の学費を奨学金と称して補助していた。

『何時までもうちで働いてもらいたいけど、結婚して、家族が増えて、人生のときどきで働き方を変えなきゃならない日が来るかもしれないでしょ？　どうしても夜の仕事は家族とすれ違いになりがちだから、昼間の仕事に移りたいってこともあるのよ。その時に「『クラブふみ』で働いてました」だけでは通用しないの。だから、みんなが身につけた技術や知識を、ちゃんと保証してくれる資格をとっておいた方が良いのよ。それに、ちゃんと基礎から学び直さないと合格しないから、我流を矯《た》めるためにも、資格について勉強することは良いことなのよ』

そんなことを話してくれたことがあった。ああっ、それともう一つ。

『勉強しなきゃあってなったら遊んでる暇が無くなるでしょ？　暇つぶしに博打《ばくち》に走ったり、おかしな趣味にはまったりするより、よっぽど良いわ』

そう言って笑っていた。どこまでが本音で、どこからが照れ隠しなのか分からないけれど。

とにかく、文ママは心配性で、いつもホステスやスタッフのことを気にしていた。スタッフの兄弟が受験をすると聞けば、わざわざ湯島の天神様にお参りしてお守りを分けてもらってくるし、女の子が「ちょっと頭痛が」と言えば救急箱を持って飛んでくるし……。もう、本当にみんなの『ママ』だ。

もちろん私にとっても文ママは東京のお母さんだ。学校のことも、友達や彼氏のことも、本当になんでも話したし、文ママはいつも私を気にかけてくれる。田舎から出てきた二十歳そこそこの女の子なんて、世間知らずの塊みたいなもので、文ママに出会っていなかったら、きっと今の私はいない。

「人との出会いほど、人生に大きな影響を与えるものは無いと言います」

硯さんはそう言って深く頷いた。

「……ですね」

私は短く応じ話を続けた。

そんな風に文ママに守られたお陰で順調に学校を卒業する目途《めど》もつき、いよいよ就職活動という時期になった。私は卒業と同時にフルタイムのホステスとして『クラブふみ』で働くつもりでいた。けれど文ママはつれない返事をよこした。

『普通の社会人を経験しなさい。業種はなんでも良いけど、なるべく堅い会社に就職するのよ。社員教育に時間とお金を使ってくれるから、できたら上場企業がいいわ。で、そこに三年勤めてみなさい。それでも戻ってきたかったら雇ってあげる』

てっきり卒業と同時にフルタイムで働くことを期待されていると思っていただけに、ちょっとガッカリした。けど、それも文ママのやさしさなのだろう。

『会社や取引先で良い人が見つかったら、結婚しなさい。戻ってこないで済むなら、その方がいいから……』

ちょっと寂しそうな顔をしながらそう言った。

結局、私が就職先に選んだのは金属加工機器の会社だった。内定をもらった報告をすると、文ママは会社四季報を引っ張りだして調べ始めた。五分ほど目を通すと深々と頷いた。

『いいでしょう。派手なところはないけれど、業績は安定してるみたいだし。それに役員の名前を見る限りだけど、銀座界隈《かいわい》で派手に遊んでいるという噂《うわさ》も聞かないから。まあ、大丈夫かな』

今どき、六本木のキャバクラだったり、麻布《あざぶ》辺りの会員制ラウンジが好きな人も多いから、銀座で浮名を流してないからといって遊んでいないとは言えないと思ったけれど黙っておいた。

三月になって卒業式を終えたばかりのある日、文ママに事務所へ呼び出された。文ママは『クラブふみ』以外にも、ワインバーやイタリアンレストラン、カフェなどをいくつか経営していて、それらのお店を運営する『株式会社レターボックス』の代表取締役社長でもあった。

事務所は七丁目と八丁目の境界あたりの古い雑居ビルにあって、掃除は行き届いていたけれど質素なつくりの一室だった。指定された時間の五分前に顔を出すと、文ママは初めて会った時と同じようなシックなスーツ姿に眼鏡をかけて、お店とは別人のようだった。

顔を合わせるなり熨斗《のし》に水引のかけられた『就職祝い』の封筒と、包装紙に包まれた箱を渡された。

『少ないけどお祝いよ』

あとで検《あらた》めると二十万円も入っていた。アルバイトのホステスにお祝いとして渡すには多すぎる。

『良い靴を三足ぐらい買いなさい。ちゃんと手入れをして、いつ足元を見られても大丈夫なようにね。何と言ってもお客様の足元を見続けてきた私が言うんだから、間違いないわ。しっかり磨かれた良い靴を履いている方に三流以下の人はいないから』

一緒に渡された箱を開けてみると、ファイロファックスのシステム手帳が入っていた。

『文系の新入社員は、普通、営業に配属されるものよ。よっぽどの特技が無い限りね。でね、営業って結局、お得意先に可愛がられるかどうかで決まるのよ。ユリちゃんは一生懸命さでは誰にも負けないだろうから安心はしてるけどね』

A5サイズの黒革製で、表紙の右下に『Yuri』と金の箔押《はくお》しが施してあった。

『ここにも、いろんな営業の人が来るけど、ピンからキリまでそれぞれよ。けどね、ぱっと見た第一印象で半分は決まり、残りの半分は名刺交換と商談に入るまでの雑談で決まっちゃう。で、ダメ押しがノートや手帳なの。どんな物にメモをとるかで、信用できる人かどうかが分かっちゃう。最悪なのは、持ってきた資料やカタログの余白に書く人ね。そういう人が約束を守ったためしはないわ』

就職先でのことまで心配して手帳を用意してくれたのかと思うと、胸が一杯になった。綺麗《きれい》な革表紙に涙が零れた。

『あーっ、染みになっちゃうじゃない。もう！　革製だから丈夫だけど水には弱いのよ。ああっ、中の用紙は大きな文房具店かネットで簡単に手に入ると思うわ。目一杯使い倒して、さっさと出世しなさい』

そういって私を送り出してくれた。

文ママの予想通り、入社すると営業に配属され、大田区を受け持ちとして中小企業の工場を担当して回った。

取引先はどこも『うちの部品はＮＡＳＡに納品されてんだ』とか『うちが新しい部品の開発を止めたら、スマホは進化しなくなるよ』なんていう、こだわりの強い社長が仕切ってるところが多く、色々と面倒な注文が多かったけれど、その代わりに面白かった。

不思議なことに、そういったこだわりの強いクセのある会社に限って、社員は社長のことを『オヤジさん』と呼び、経理などを担当している社長の奥さんのことは『おかみさん』と呼んでいた。

中小企業と言っても、大きい所だと百人を超える社員がいたりするのだが、オヤジさんが朝一番に出社して工場の前の掃き仕事をしながら社員一人ひとりを出迎えたり、おかみさんがみんなにお茶を淹《い》れたり、本当に社員を家族扱いしていた。そう『クラブふみ』みたいだった。そんなこともあって、私は得意先を訪問するのが楽しかった。

自社商品の知識も研修で習った程度しか知らず、得意先のことなんて何にも分かってなかったので、行く先々で文ママから貰ったファイロファックスのシステム手帳にメモをとりまくった。取引先別にインデックスを分けて、訪問記録を書き留め、商談で約束したことを丁寧に守るようにした。

ある日、なかなか注文をくれなかった取引先のおかみさん、つまりは社長の奥さんが私が差し出したカタログを受け取りながら、しみじみとした声で言った。

『川相さん、あなた偉いわね』

何のことか分からず、頭のうえに『?』がたくさん飛んでいたことだろう。私の困惑顔が面白かったのか、おかみさんは噴き出した。

『何を偉いって言われてるか分からないって顔をしてるわね? あのね「今度来るときにカタログ持ってきてね」ってお願いして、ちゃんと持ってくる人は十人に一人ぐらいなのよ。カタログなんてホームページからPDFをダウンロードすれば済む御時世だから無理もないんだけど……。頼んだことをちゃんと覚えててくれたことが嬉しいのよ』

そう言って『はい、どうぞ』と初めてお茶を出してくれた。

『川相さんは、いっつも大きな手帳に一杯メモをとってるでしょ? 「あれはきっと閻魔《えんま》帳だぞ！　馬鹿なことばかりしゃべってると笑われるぞ」ってうちの社長は言うのよ。けど、私たちが言ってることを一言も聞き漏らさないぞ！　っていう一生懸命な所が私は好きよ』

なかなか営業成績があがってなかったころの話で、その言葉が嬉しくて嬉しくて泣いてしまった。

「贈った物が実際に相手の方の役に立つなんて、なかなか無いことだと思います」

硯さんがしみじみと言った。

「……そう、ですね。このことを文ママに話したことがあるのですが、『それはユリちゃんが一生懸命にメモをしていたからで、道具は関係ないわ』って。照れ隠しかもしれませんけど」

「就職してからも、文ママとは連絡を取られていたんですか？」

「ええ、私からというよりも文ママから。実家を出た娘を気遣う母親みたいにマメに連絡をくれました」

実際に文ママはＬＩＮＥや電話を頻繁にくれた。『ちゃんと、ごはん食べてる？』

とか、『急に寒くなったけど、風邪をひいたりしてない？』といった感じで。本当に短いけれど、私のことを忘れてないんだということが伝わって来て嬉しかった。

時々『お客様からたくさんいただいたから、おすそ分けよ』といった一筆箋を添えて、季節の果物やジュース、ゼリーなどを送ってくれたりも。なかなか、一人暮らしだと面倒で果物などは買わないから、ありがたかった。きっと、いただき物なんかじゃなくて、私のためにわざわざ買ってくれた物だと思う。

もちろん、お客様がほんとうに差し入れてくれる物もある。そういった物で一番多いのはお魚だ。釣りが好きなお客様が鰺《あじ》や鱚《きす》がたくさん釣れた時に、大きな発泡スチロールの箱にどっさりと持ってくるのだ。

そういう日は板前経験のあるバーテンダーがきれいに捌《さば》いて、片っ端からフライや天ぷらにし揚げたてをお客様にサービスで出し、残ったらホステスやスタッフが持ち帰ることになっていた。

それでも、あまりそうだなという時は、私にも電話をくれた。

『ユリちゃん、ちょっとお店に来てくれない？』

そういう時は、必ず美味しい魚にありつけた。わざわざ私がお店に着く時間を見計らって揚げてくれた鰺フライや鱚の天ぷらの美味しさは格別だった。しかも、ご飯と味噌汁《みそしる》まで用意してくれて……。顔なじみの古い常連さんに『実家に帰って来た娘みたいだな』ってからかわれた。

そんなこんなで会社勤めの三年間はあっと言う間に過ぎた。三年目の一月に文ママにアポを入れて事務所まで会いに行った。

応接室に通されると、待っている間に私はファイロファックスのシステム手帳を取り出し、事前に準備しておいたQ&Aのページを開いた。そのページにメモした内容は何度も何度も読み返していて、すっかり暗記してしまっていたほどだった。

応接室に入ってくると、文ママは私が膝に載せていたファイロファックスに目を留めた。

『ちょっと見せてくれない？　大丈夫、書いてあることは読まないから』

私はファイロファックスを閉じて差し出した。文ママは両手でそれを大事そうに受け取ると、表紙を撫《な》でた。丁寧に使っていたつもりだけど、細かな傷などが所々にできてしまっている。その一つひとつに『お疲れ様』とでも言うように、人差し指でやさしく撫でていた。

『はい、ありがとう。三年間、ユリちゃんが頑張ったってことが良く分かったわ』

そう言って私に両手で戻してくれた。『クロスのボールペンも使ってくれているのね』と言い添えて。

そこから二人とも言葉が続かず、しばらく黙っていた。ほんの少し、多分三分も無かったと思うけれど、すごく長く感じた。

『ねえ、本当に戻ってくるの？　もちろん嬉しいし、経営者としても即戦力かつ伸びしろも大きなユリちゃんを採用できることは魅力的で断る理由はこれっぽっちも見つからないけど……。三年って、長いようであっと言う間ね。で、いい人は見つからなかったの？』

私が『だって、文ママより格好いい人なんて、そうそういないわ』と言うと、大きな溜息をひとつついて『じゃあ、よろしくね』と言って私に手を差し出した。

その時に握った文ママの手の感触を今でもよく覚えている。

「お話を聞けば聞くほど、文ママという方に会いたくなります」

時折、相槌《あいづち》を打ったり、分からない言葉を聞き返したりする程度で、聞き役に徹していた硯さんがポツリと呟いた。本来であれば「ぜひ！　いつでもいらしてください」と答えるところだが、私は視線を逸《そ》らして黙っているのが精一杯だった。

「なるほど……、それで退職願ですか」

私は小さく頷くと話を続けた。

復帰すると順調に成果を出し、お店の売上にも貢献できるようになった。とにかく毎日が楽しくて、ずっと『クラブふみ』にいるつもりだった。もちろん、失敗も一杯して、文ママに何度も叱られた。けど、どんなに叱られても辛《つら》くは無かった。言葉の端々から私のことを愛してくれていることが伝わってきたから……。なぜだか自分でも良く分からない。学校の先生や会社の上司に叱られている時とは、何かが違う。上手《うま》く表現できないけれど、『急に通りへ飛び出したら危ないでしょ！』と叱られている子供みたいなものかもしれない。嫌な思いをしやしないかと心配するあまり、つい叱ってしまう。そんな文ママの気持ちが伝わってくるのだ。

もっとも、文ママはホステスやスタッフに厳しいばかりではなかった。羽目を外し過ぎたお客様にも時には厳しい。

こんなことがあった。それは、私がフルタイムで働き始めたばかりのころだ。そのお客様は、私がお店を離れていたころに通いだした方で、スマホ用のアプリを開発する会社を経営されているとか。羽振りも良く、来店するとかなりの額を落とすのだが、酔いが回ると口調が荒くなる人だった。

その日も取引先と会食し、二次会のワインバーでかなり飲まれたあとに、一人で来店された。すでに、相当に酔っていたと思うのだが、窘《たしな》める文ママを無視するように初めてお相手をする私をからかいだした。根掘り葉掘り、質問攻めにして、通っていた学校や、前職などをしつこく聞こうとした。

文ママが気を利かせて、ベテランさんと交代させようとしたが『いいから、いいから。この子が面白い』と放さない。

『大した器量でもないのに、銀座でホステスやってて恥ずかしくないのか？』

しまいには、そんなことを言い出した。

『何を言ってるのよ、うちには美人しかいませんよ』

文ママはそう言ってくれた。けれど、その方は気分を害したようで、その後もかなりのペースで飲み続けていた。

そうこうしているうちに、他のお客様の見送りで文ママが席を立った時だった。

『おい、お前の親はこんな店で娘が働いていることを知ってるのか？　まだ、前の堅い仕事をしていると思い込んでるんじゃあないのか』

と絡みだした。両親は私が中学生のころに離婚したが、私はどちらとも仲が良く、東京に出てきてからもそれぞれと連絡をとっていた。だから私がアルバイトで『クラブふみ』に通いだしたことも、会社勤めを辞めて復帰したことも知らせてあった。なので『親も知ってるから大丈夫ですよ』とやんわりと返した。

『娘を銀座で働かせて、その金で親は何をしてるんだ。呆《あき》れるね』

さすがに私の顔色も変わったと思う。今なら『でしょ！ 私って親孝行よね』などと言って、笑って流すところだけれど、復帰間もないころで余裕がなかった。

『なんだ、その顔は』

次の瞬間、客は手にしていたグラスの中身を私の顔に浴びせた。一緒についていた女の子が悲鳴を上げ、スタッフが慌てて駆け寄ってきた。すぐにフロア支配人がやってきて、何か失礼があったのかと客に尋ねた。

『こいつが不貞腐《ふてくさ》れた顔で俺のことを睨《にら》むから顔を洗わせただけだ！』

怒鳴り散らす客に支配人も閉口していた。そこへ文ママが戻ってきた。

『従業員の接待がお気に召さなかったご様子、お詫びします』

そう言うと、深々と頭を下げた。客は溜飲《りゅういん》が下がったといった様子でソファに座り直した。

『けれど、飲み物を顔に浴びせるのは暴行です。訴えれば罪に問われる立派な犯罪です。それを承知でなさったのですね』

『いっ、いや、その……。ちょっと手が滑っただけだ』

『いい年した大人がみっともない言い訳をするんじゃないよ！　自分がやったことぐらい素直に認めたらどうだい』

その啖呵《たんか》に客は酔いも吹き飛んだみたいで、すっかり固まってしまった。

文ママはふーっと、大きく息を吐くと、普段の落ち着いた声に戻って言った。

『それに従業員は私にとって家族そのものです。その大切な家族に乱暴するような方はお客様ではありません。どうぞ、お帰りください。そして、二度と来ないでください。ああっ、今日のお支払いは結構です』

そしてスタッフに『外までお送りしなさい』と促した。その客はスタッフ二人に連行されるようにして帰って行った。

文ママは、周りのお客さんのテーブルひとつずつをお詫びに回り、お店からのサービスとしてフルーツや飲み物を振る舞っていた。私はタオルとおしぼりで濡《ぬ》れた顔や体をざっと拭くと、文ママに言われるままについて回った。

どのテーブルを回っても優しい言葉をかけてもらえた。

『大変だったね、よく我慢したと思うよ』

するとママがすかさず返す。

『あら、聞こえてたの？』

『うん、だって、あいつ大声で喚《わめ》いてたもん』

『聞こえてたんなら助けてあげてよ〜』

『俺もさ、そろそろ出張《でば》る頃合いか？　って思ってたら、野郎がいきなりばしゃーってやりやがってさ。よーっしって、シャツを腕まくりしてたら文ママが登場しちゃったから、出そびれたってとこ』

『えー、うそ、だってジャケット着たままじゃない、どうやってシャツを捲《まく》るのさ』

そんな他愛《たわい》のないおしゃべりが本当にありがたかった。

いつもは常連さんの誰かとアフターに行く文ママだが、その日は私を自宅に招待してくれた、佃島《つくだじま》のマンションの高層階にある立派な部屋に。お風呂を沸かしてくれて『ゆっくり入りなさい』と。

湯舟に浸《つ》かりながらきれいな夜景を見たのをよく覚えている。

お風呂から上がると、『一緒に食べよう』と言って、文ママがお茶漬けを用意してくれた。ご飯にたっぷりのほうじ茶をかけて、糠漬《ぬかづ》けと塩昆布、それと大粒の梅干しが用意されていて、本当に沁《し》みた、体にも心にも。

ふとテーブルの向かい側に座っている文ママを見ると、つーっと涙を零していた。

『ごめんね、守ってあげられなくて。なんで、あんな奴《やつ》をお店にいれたんだろう。私が悪かった、ごめんなさい……』

そう言って頭を下げた。私は椅子から飛び上がり文ママに抱きついた。そうして二人でしばらく抱き合ったまま泣いていた。

ふと押し付けていた文ママの胸から顔をあげると、トレーナーに「Ｄｏｎ'ｔ Ｗｏｒｒｙ！」と書いてあった。

『なにこれ？　文ママ、部屋着だからってダサすぎ』

私は思わず噴き出した。

『あら、誰も見てないからいいじゃない？』

『えーっ、お店ではあんなに完璧主義なのに？』

それ以来、文ママの誕生日にはおしゃれなスウェットやパジャマをプレゼントしている。だって、いつでも、いつまでも素敵な文ママでいてもらいたいから。

そんなこともあって、文ママの力になりたい、『クラブふみ』をもっと立派なお店にしたいと私なりに頑張った。若かったこともあって同伴もアフターも全然苦にならなかった。とにかく仕事一筋で突っ走った五年間だった。

頑張った甲斐《かい》もあって、銀座ではちょっとは名の売れたホステスになった。この世界はスカウトも多く、数年前から雇われママとして働かないかといった誘いも来るようになった。けれど、任される店そのものや雇用条件などが、『クラブふみ』を辞めてまでやってみたいと思えるようなものは一つもなかった。なにより『私はずーっと文ママと一緒に働く運命にある』と思っていた。

しかし、半年ほど前に、店のコンセプトから一緒に作りたいというオファーが入った。最初はあまりに条件が良すぎるので疑っていた。ところが、色々と伝手《つて》を通じて調べてみると、その申し出をしたのは銀座や新橋で複数の飲食店を経営している実業家であることが分かった。

あれこれと迷ったが、一ヶ月ほど前にその実業家に会いに新橋のオフィスへ行ってみた。相手は二十五歳で独立して、小さなカフェから始め、レストランやバー、居酒屋と、業態の異なるお店を次々に増やし、新橋から銀座、日本橋、八重洲《やえす》といった辺りを中心に約五十店舗を経営していた。そして、近々、株式を上場させる予定で、そのタイミングに合わせて銀座のビルを一棟買いし、一階から最上階までそれぞれ異なったコンセプトの店を準備し、一斉にオープンさせる計画だと言う。

一階は抹茶や小豆、和三盆など、和の食材を用いた洋菓子店。二階は本格的な英国式紅茶が楽しめる喫茶店。三階と四階は和牛と日本近海で獲《と》れた魚介を活かした鉄板焼きの店。五階は鮨《すし》。鉄板焼きのお店と鮨屋は、どちらも同じ屋号にし、鉄板焼きの合間に握り鮨をつまんだり、鉄板で炙《あぶ》った牛肉を鮨種にしたりといった趣向を凝らすと言っていた。そして六階と七階はクラブだ。

オフィスで話を聞いたその足で、改装中のビルを見学しに行った。耐震補強も兼ねた工事は本格的で、鉄骨や鉄筋、コンクリート壁が剝き出しになっていたが、立地も広さも申し分なく、これならあれこれと我がままを言っても、相当なことができそうだと思った。

あまりに好条件ばかりで、逆に不安になった。思わず工事現場からオフィスに戻る車の中で聞いてしまった。『なぜ、私なのですか？』と。

『「クラブふみ」に通っている複数の方から、文ママがあなたに全幅の信頼を寄せていると聞きました。「クラブふみ」は夜の銀座の代名詞です。その店のオーナーママがあなたを認めているのです。それが最大の理由です』

『文ママが……』

もうすぐ株式を上場させるほどに羽振りの良い経営者が乗るには、ちょっと簡素に過ぎる地味な国産車の後部座席に並びながら、私たちは話を続けた。

『とにかく、私としてはあなた以外に考えられません。一緒にやりましょう』

真剣な眼差《まなざ》しと一緒に差し出された手を、私は握ってしまった。


「なるほど……。そういった経緯なのですね」

硯さんは顎に手をやって考え込んでいる。

「ええ。けど、文ママに何て言えばよいのか……。なので、とりあえず手紙を書こうと思ったのです」

「うーん、言い難《にく》いのは分かりますが、いきなり手紙で退職を切り出すのは、やはり……お勧めしかねます」

「分かってます、分かってますけど……。何度か言おうと思ったんです。でも、文ママの顔を見てしまうと、言い出せなくて」

「だとしても、やはり最初は顔を見て言うべきだと思います。お話をうかがえばうかがうほど、そう言わざるを得ません」

硯さんは、そう言うと机の上に並べていた道具類を長手盆にまとめ始めた。

「とにかく、少し思い直してはいかがですか？　いきなり退職願を出される文ママの気持ちを考えてあげてください。しかも差出人は可愛がってきたあなたなのです。辛いことを伝えなければならない時こそ、顔を見て言うべきです」

反論のしようも無いことを硯さんは言い放つ。さっきまで、あんなに優しそうだったのに、意地悪な顔つきに見えてきた。

「私が良くないと思うのは不意打ちになるかもしれないからです。もっとも常に従業員の様子に目を凝らしている方のようですから、もう気付いているのかもしれません。しかし、ずっと可愛がってきたあなたなのです、きっと思い過ごしに違いないと、自分を責めているかもしれません。そんな文ママに、いきなり退職願を差し出すなんて酷です」

思わず私は深い溜息をついて天井を仰いだ。

姿勢を正すと席を立ち、硯さんに向き直って頭を下げた。

「散々、我がままを言って、相当に無理を聞いていただいたことは承知の上でお願いします。御恩のある方に、どうしても渡さなければならない時の退職願の書き方を教えてください。出すかどうかは、文ママの様子を見て考えます。事務所の机の上に置いてくるとか、総支配人に預けるみたいな卑怯な使い方はしません。だから……、だから、お願いします。自分の決意が揺らがない、お守り代わりとして持っていたいんです」

慌てて席から立ち上がるかと思っていたが、硯さんは座ったまま黙っていた。しばらくすると「お座りください」と静かに言った。

「いずれにしても『クラブふみ』を辞めて、新しいスタートを切るという決意なのですね？」

「……はい」

「なら、電話でも良いから、今から伝えてはと思いますが」

どこまで頑固なの？　心底そう思った。思わず私の口調もきつくなった。

「うまく表現できませんけど、普通の会社を辞めるのとは違うんです……。だから、だから……。分かってください」

硯さんは目を瞑《つむ》り、腕組みをしてしばらく考えていた。不意に目を開けると「仕方がないですね」と短く答えた。そして立ち上がると、言葉を続けた。

「あまり気が進みませんが乗り掛かった舟です、お手伝いしましょう。必要な物を用意してきます、少しお待ちください」

そう言うと、私が使った茶碗を長手盆に載せて去っていった。ふぅっと小さく溜息をつく。時計を見ると一時間以上が過ぎていた。

硯さんは、三分とかからずに戻ってきた。手には白無地の便箋と封筒があった。

「どうぞ、こちらへ」

硯さんは窓際の大きな机へと私を誘った。私はファイロファックスとクロスのボールペン、それにトートバッグを手に机に近づいた。硯さんは手にしていた便箋と封筒を机に置き、椅子を引いて私に座るようにと促した。

「退職願に使う便箋や封筒はベーシックな物が良いと思います。先ほど『御恩のある方にどうしても渡さなければならない時の退職願』とおっしゃいましたが、そのようなものの書き方を教えられる人は、どこにも居ないと私は思います。ご自身で悩みに悩み抜いて、想《おも》いを紡ぐ以外にないのです。仮に文章がおかしくても、書き間違いがあっても、一生懸命に刻んだ文字ならば、きっと相手の方にあなたの想いは通じるはずです。ましてや、あなたの場合は文ママが受け取るのですから」

「……、そんなことが、そんなことが私にできるなら、身近な場所で手に入る便箋と封筒でとっくにすませています」

「なら、ごく普通の退職願を渡して、改めて話し合いの場を持つ以外に無いと思います。通り一遍な退職願であれば大した文字量ではありません。封筒も書き損じをしなければ一つで済みます。なので、わざわざお買い求めいただくのは忍びないので、私物ですがこちらをお使いください。それと……」

そこまで言うと、硯さんは机の引出しから一冊の本を取り出し、パラパラとページをめくり、開いた状態で便箋の横に置いた。

「例文はこのページを参考になさってください。ペンはお持ちのボールペンで良いと思います」

「あっ、ありがとうございます」

先ほどまで、あれほど渋っていたのに、急に進みだして拍子抜けするほどだ。

しかし、目の前には真っ白な便箋があり封筒もある。あとは例文を参考に書くだけなのに、どうにも手が動かない。

「ここまで手伝ってもらっておいて何なんですけど、やっぱり上手に書けそうもありません。代筆をお願いするとかはダメですよね？」

硯さんは小さく首を振った。

「このような形式的な手紙に上手いも下手もありません。とにかく丁寧に書けば大丈夫です。よく例文を読んで、ゆっくりと書いてください」

「……はい」

なんか赤点をとった生徒が居残りの補習をさせられているみたいだ。

「横で見張られていては書きにくいでしょうから、私はちょっと買い物に出てきます。一時間ほどで戻りますから留守番をお願いします」

「えっ？」

「電話や配達は出なくて結構です。ああっ、トイレはあちらです。では」

硯さんは、そう言い添えて行ってしまった。


急にひとり残されてしまった。机の上には便箋と封筒、それにクロスのボールペン、ファイロファックスのシステム手帳。

ふと窓の外を眺めると、ゆらゆらと夏の空気が舞っている。「あっ、入道雲」視線を上へと伸ばすと、ビルの間に見える空は青く、真っ白な入道雲がもくもくと背伸びをしている。あんな立派な入道雲を見たのは、何時以来だろう。

私が零した独り言は、誰もいない二階の天井にぶつかり、シーリングファンにかき消されてしまった。

そう、最後に大きな入道雲を見たのは、去年のお盆休みだった。お客さんの大半が夏休みを取ることもあって『クラブふみ』もお盆はお休みだ。このタイミングを狙《ねら》ってホステスと独身のスタッフを連れて文ママは一泊二日の慰安旅行に出かける。行先は関東近郊の海や山で、去年は千葉の海だった。

日焼けを嫌うホステスばかりの旅行なのに、文ママは『みんなでスイカ割り大会をやる！』と言い出して聞かなかった。結局、スタッフが大きなスイカを買ってきて、ついでに土産物屋で木刀まで仕入れてきた。ホテルのプールサイドにビニールシートを敷いて本格的なスイカ割り大会になった。

言い出しっぺなくせに、文ママは『やっぱり日焼けをしたくない』と長袖長ズボン、大きな麦わら帽子にサングラス、マスクと手袋の完全防備。みんなから『不審者だ！』と笑われていた。旅行の間、文ママはずっと嬉しそうだった。みんなも嬉しそうだった。もちろん、私も。

ファイロファックスのシステム手帳を広げ、写真を収めたポケットリーフのページを開ける。慰安旅行の宴会で、文ママを中央に皆で並んで撮った記念写真。水族館でイルカに触って喜ぶ文ママ。さらに数年前に開店周年記念イベントに届いたお花の前で撮ったツーショット。ポタポタとポケットリーフに涙が零れ落ちた。

結局、ぼんやりと空を眺めているだけで一文字も書けなかった。時計を見ると、また一時間が経過していた。タイムリープでもしたのかと思うほど、感覚と時計の進みとにギャップがある。

不意に「ただいま戻りました」と階下で声がした。慌ててクロスのボールペンを手に、便箋に向かっているふりをする。

程なくして階段を上ってくる足音が二階に届き始めた。しかし、その足音は二つ。

「ユリちゃん」

思わず席を立ち、振り向いた。そこには文ママが立っていた。隣にはバツの悪そうな顔をした硯さんが。

「……なんで、なんで。なんで、文ママがここにいるの？」

しゃべっている途中から乾いたばかりの涙がまた溢《あふ》れだした。思わず手の甲で押さえる。けれどもちっとも止まらない。

「御店主から連絡をいただいて飛んできたの。こちらのお店のお客様でクラブ通いをしてそうな方に片っ端から電話をして、私と連絡をとりたいと相談されたそうよ。大変なお手間をかけさせてしまって……」

私は硯さんを睨んだ。硯さんは黙ったまま頭を下げた。

「あのねユリちゃん、黙っていて悪かったんだけど、あなたがヤマトエンタープライズの一木《いちき》社長から誘いを受けていることは知っていたのよ」

文ママは近寄ると、私を椅子に座らせた。硯さんは作業台に添えてあった椅子を近くに持ってくると、文ママに勧めた。

「あなたに声をかける一ヶ月ぐらい前だと思うけど、一木社長が私に会いに来たのよ。ああっ、もちろん昼間の事務所にね。会うなり『御社のユリさんを私に譲ってもらえませんか？』って、単刀直入もいいところよ。けど、会った瞬間、この人は信用しても大丈夫って直感した。それにヤマトの評判は随分前から聞いてたから」

絶句するより他にない。一木社長はもちろん、文ママも一切おくびにも出していなかったのだから。

「けどね、私だって経営者の端くれなのよ。みすみす競争相手に大事な従業員を奪われる訳にはいかないわ。で、言ったの、『ホステスもスタッフも、みんな自分の意思で働いてます。だから辞めたいと言ったら引き留める術《すべ》が私にはありません。あなたは譲ってくれとおっしゃるけど、ユリは品物じゃあないのよ』って。一木社長、真面目な顔で『おっしゃる通りです。大変失礼しました』って、ソファから立ち上がって深々と頭を下げたわ。自分に非があったら素直に認めるって意外にできないものよ、ますます惚れちゃった。ということで、一木社長は真っすぐにあなたにアプローチしに行ったって訳」

ふと気が付くと、何時の間にか硯さんの姿は無かった。

「けど、なんで早く相談してくれないの。毎日、あなたの顔を見るたびに、今日こそは言ってくるかしらって待ってたのに。そうこうするうちに、どんどんあなたの顔色は悪くなるし……。私が反対するとでも思った？　馬鹿ね、可愛いあなたが千載一遇のチャンスに巡り合ったというのに。さあ、詳しい話を聞かせて頂戴。私にできることはないの？」

何も言葉にならなかった。鞄から取り出したハンカチで顔を覆って、泣き続けた。

「あらあら、そんなに泣いちゃったら、目元がぱんぱんに腫れちゃうじゃない。今日はお店に出ないつもり？」

私はただただ頷くだけで精一杯だった。

かれこれ一時間は話し込んだだろうか。文ママと一階に降りると、硯さんは絵葉書の棚の商品を入れ替えていた。

「お済みですか？」

「ええっ、込み入った話は追々ということで、ユリちゃんが私の店を卒業することは決まりました。このたびはお世話になりました。本当にお知らせくださりありがとうございました。御恩は一生忘れません。ぜひ、一度、お店にいらしてください」

そう言うと文ママは深々と頭を下げた。硯さんも黙って頭を下げた。

「もう、勝手なことをして！　と怒りたいところです。けど……、ありがとうございました。今日はせっかくのお休みを潰してしまったのに、何も売上に貢献できなくてすみません。私のお店の細かなことが決まったら、改めて相談に来ます。その時はよろしくお願いします」

「勝手なことをしまして申し訳ございませんでした。お許しください」

硯さんは姿勢を正すと頭を下げた。その所作は美しく、銀座の風格を感じさせた。

＊　＊　＊　＊

文房具店『四宝堂』の勝手口から、店主の宝田硯が出てきた。今日は水曜日、四宝堂の定休日とあってチノパンにフードのついたスウェットを合わせ、その上にフィールドジャケットを羽織っている。時刻は九時半、早寝早起きの硯にしては寝坊だ。

普段は能舞台に立つ演者のような流麗な身のこなしの硯が、今朝はゼンマイが切れそうなブリキの兵隊のような足取りだ。店から五分ほどの距離にある喫茶店『ほゝづゑ』が、何キロも先にあるような、ドアも城門かと思うほどに重たいといった様子。ふらつく足取りで何時もの席にやっとの思いでたどり着く。

すぐに『ほゝづゑ』のマスターの一人娘である幼馴染《おさななじ》みの良子《りょうこ》がおしぼりとお冷を持ってくる。硯はお冷をゴクゴクと飲み干し、冷やしたおしぼりで顔を押さえる。

「溺死体みたいな顔ね」

「……まるで溺死体を見たことがあるような口ぶりだな」

「ある訳が無いでしょ？　それぐらい酷《ひど》い顔だってこと」

良子が冷たく言い放つ。

「モーニングで大丈夫？」

「えーっと、トーストだけでいい。英国風の薄切りをカリカリに焼いたの。それと飲み物はミルクティー。あとお冷のお代わりを何杯もしたいから、ピッチャーごと置いてってくんない？」

良子は「はーい」と素っ気ない返事を残してカウンターに戻って行った。

入れ違いでお冷のピッチャーをもったマスターが近寄ってきた。

「どうだった？　初めてのクラブ活動は」

「どうも、こうも。一軒目に『クラブやまと』で何杯飲んだかな？　シャンパンで乾杯して、それから赤ワインとかブランデーとかを、あれこれと奢《おご》ってもらって。それから『クラブふみ』からお迎えが来て、そちらにもお邪魔して。気が付いたらベッドにぶっ倒れてました。どうやって帰ってきたのか、まったく覚えてません。帰巣本能が人間にもあるんだってのを実感しました」

「うらやましいね、俺も連れてってもらえば良かった」

硯は新たに注いでもらったお冷を半分ほど飲み、大きな溜息をついた。

「どちらも支払いをさせてもらえませんでした。いくらだったんでしょう？」

マスターは小さく首を振った。

「そういうのは粋じゃないよ。どうしても知りたかったら、もう一回行ってみな。あぁ、くれぐれも良子に内緒でな。朝一で来た客が『昨晩、七丁目で硯ちゃんを見かけたよ、綺麗どころに囲まれて鼻の下を伸ばしてた。珍しいよなぁ、いよいよ堅物の硯ちゃんもクラブ通いを始めたのかね』ってな余計なことを零しやがって。お陰で朝から良子の機嫌が悪くて大変だよ」

「へ？　なんで良子が機嫌を悪くするんです？」

マスターは鼻先で軽く笑いながら首を振ってカウンターに戻って行った。

硯は小さく溜息をつくと、入り口のラックから無意識のうちに持って来ていた新聞を広げた。けれど、まったく文字が頭に入ってこないようで、その視線は窓の外へと漂った。ぼんやりとした硯の視線の先には、足早に通り過ぎて行く人たちの姿が。ちらほらとコートを羽織っている人や色鮮やかなマフラーも。

秋から冬へと季節が移りつつある晴天の日、銀座の片隅にある文房具店『四宝堂』に、『定休日』の札が下げられ、店内は静けさに包まれていた。

大学ノート

たっぷりとカップ二杯分もあったティーポットの中身はすっかり空っぽだった。

銀座の喫茶店『ほゝづゑ』は、火曜日の午後という時間もあってか、閑散としていた。窓際の二人掛けの席から外を眺めると、通りを行く人たちは皆忙しそうで、ぼんやりとしているのは私だけだ。

ここ『ほゝづゑ』は父と母が若いころにデートの待ち合わせに使っていた店で、しかもオーナー一家とは家族ぐるみの付き合い。そんなこともあって、家族で銀座に出かけると必ずと言っていいほど立ち寄った。けれど、それも私が小学校のころまでで、よく考えてみると実に六年ぶりに来たことになる。

しかし、良子《りょうこ》ちゃんは私のことを覚えていて「七海《ななみ》ちゃん？　よね」と声をかけてくれた。

「びっくりしたぁ。だって、高校時代の瑠美《るみ》にそっくりなんだもん。そんなセーラー服で来ないでよ！　って言うか、七海ちゃん、それ自分のだよね？」

そう、私は父と母が卒業した高校に通っている。そうそう、良子ちゃんも私の学校の卒業生。なので私のセーラー服を感慨深げにしげしげと眺めていた。

「その何の特徴もないセーラー服が懐かしいなぁ。そっか、まだ制服を変えないんだ、我が母校は。私が現役のころでさえ珍しかったけど、今どき天然記念物級じゃない？　何十年も同じセーラー服って。男子も詰襟のまま？　へぇ、変えてないの？　なんか、ちょっと嬉《うれ》しい」

そんな会話をしたのが一時間ほど前だ。遅めのランチ客がしばらく続き、のんびりとお茶を飲んでいるのは私だけで、周りの席はどんどんお客さんが入れ替わり、ナポリタンやカレーライス、サンドイッチにホットドッグと人気メニューの注文が次々に入り、良子ちゃんは大忙しだった。

私はミルクティーを味わいながら、鞄《かばん》から取り出した十冊のノートを順に眺めては溜息《ためいき》をついていた。気が付けば二時を過ぎており、さすがに、そろそろ出なければと思っていた。

「はい、これはサービス。夕方までは暇だから、そんなに慌てなくていいわよ」

そう言って良子ちゃんが大きめのカップを私の前に置いた。

「甘くしてある特製カフェオレよ、七海ちゃんのパパとママが大好きだった」

良子ちゃんは、真っ白なブラウスに黒のボータイとベスト、タイトなシルエットのスカートに低いヒールのパンプスを合わせている。髪型はショートカットでお化粧は控え目ながらも、一目で美人と誰もが思うような顔立ちをしている。母が『良子は学校一の美人で、学園祭の時なんて他校生の男子が大勢やって来て大変だったのよ』と言っていた。

「あっ、ありがとうございます」

私は慌てて立ち上がって頭を下げると良子ちゃんは「わー、やめてやめて。お客さんにそんなことさせたら罰が当たっちゃう」と笑いながら言った。そして空になったカップとポットをお盆に載せると私の向かい側の椅子に座った。

「ねえ、さっきから溜息ばかりついて何を眺めているの?」

良子ちゃんの視線は、私がテーブルに広げたノートに注がれていた。

「ああっ、これは部活の練習記録ノートです。と言っても、もう引退してしまったので、必要の無い物なんですけど……」

「手書きの練習記録ノート? 部活の? 今どきの高校生は何でも専用アプリとかで、ちゃちゃっとやっちゃうものだと思ってた、ちょっと意外。あっ、そう言えば何部だったの？」

「弓道部です」

「おーっ、弓道部かぁ、なるほど。って、何がなるほどなんだか良く分からないけど、何となく手書きのノートと結びついたような気がする。けど、さっき引退したって言ってたけど、六月の半ばでもう引退なの？　なんかちょっと早いような」

「はい、ついこの前公式戦があったんですけど、負けちゃってインターハイには行けませんでした。なのでもう引退です」

　良子ちゃんは「そっか、残念だったね」と言ってくれた。そして言葉を続けた。

「あっ、弓道部って、私のころは放課後は毎日練習だったけど、今もそうなの？　あぁ、やっぱり、その辺は変わらないんだ。で、引退して空き時間ができたから、帰り道にちょっと寄り道してみたってことね」

「まあ、そんなところです」

　部によって練習頻度はまちまちで、週三日程のところが大半だが、弓道部は毎日練習をしている数少ないところのひとつだ。引退するまでは休みのある部活に入っている友達が、原宿や渋谷に寄り道をして帰るのが羨ましかった。

　けれど、いざ暇になってみると、そんな気分になれなかった。せっかく午前授業でゆっくりできると言うのに……。やっと乗り継ぎ途中で通学路から外れ、銀座の街をぶらぶらしてみた。そして歩くのに任せて、ふと思い出した『ほゝづゑ』にたどり着いたのだ。

「何冊あるの？　そのノートって？」

「十冊です。だいたい一ヶ月に一冊のペースで使い切ってしまうので」

「ふーん、毎日のことだから、手書きってのも大変なんじゃない？　七海ちゃんが一人でつけてるの？」

「いえ、主将と代わり番こで」

良子ちゃんは興味津々といった感じだった。グイグイと来るけれども、嫌な感じは全くなく、年の離れた親戚のお姉さんに話を聞いてもらっているような雰囲気だ。

「私は副将だったんです。昔は男子が主将で女子が副将ってのが伝統だったらしいんですけど、数年ほど前から弓の実力で決めることになりました。ちなみに私と組んでいた主将は男子です、たまたまなんですけど。一期先輩は主将も副将も女子でした。その前は主将は女子で副将は男子」

「あー、ジェンダーフリーってやつ？　時代よねぇ」

そこまで話したところで、新しいお客さんがやって来た。

「いらっしゃいませ！　じゃ、本当にゆっくりしてね」

そう言って席を立つとお盆を持って行ってしまった。カップからは温かな湯気と珈琲《コーヒー》とミルク、それに砂糖が合わさった柔らかで甘い香りが立ち昇っていた。

ふうふうと息を吹きかけ、ひと口飲んでみる。思っていたよりも甘くて珈琲よりもミルクの味を強く感じた。その瞬間、なぜだか分からないけれどある味を思い出した。部活の後に校門前のパン屋さんで、拓海《たくみ》とベンチにならんで一緒に飲んだ缶コーヒーの味。ジャンケンで負けた方が奢《おご》る賭けをして、よく奢らされた缶コーヒー。

気が付いたら涙が零《こぼ》れていて、頬を伝った雫《しずく》がノートの表紙に流れ落ちた。慌ててハンカチでノートに落ちた涙を拭き、両の瞼《まぶた》に押し付ける。けれど、それが良くなかったのかもしれない。嗚咽《おえつ》が止まらなくなった。


何分経《た》っただろう。良子ちゃんがお冷のポットを手にテーブルにやって来た。

「落ちついた？」

「……ごめんなさい、迷惑かけて」

良子ちゃんは小さく首を振ると、向かい側の席に座った。

「大丈夫よ、暇な時間帯でお客さんは常連さんばっかりだから。みんな優しいお爺《じい》ちゃんやお婆《ばあ》ちゃんだから気にしてないわ。けど、どうしたの？」

私は何と答えれば良いのか分からず、黙っていた。

「あーー、なんか、こう言うのデジャヴって言うんだっけ？　随分と前だけど、七海ちゃんのママも学校帰りにうちの店で泣いてたのを覚えてる。あんたんとこの家系はセーラー服姿でここに来ると泣いちゃうっていう遺伝でもあるの？」

良子ちゃんの呆《あき》れたような口ぶりがおかしくて、思わず噴き出してしまった。

「さ、どうしたの？　どうせ、そのノートに関係があるんでしょ？　自分のことはからっきしだけど、人の恋路に関する勘は鋭いのよ、私。さ、話して」

私は小さく頷《うなず》いた。

「主将は森川《もりかわ》拓海って言います」

「たくみ君ね。どんな字を書くの？」

「手偏に石の拓《ひら》くに、海です」

「へぇ、拓海君に七海ちゃんか。とりあえず名前だけは、お似合いじゃない」

私は大きくかぶりを振った。

「全然！　……拓海は人気者です。地味な私とは大違い」

「気になるなぁ、写真とかないの？」

私は鞄からスマホを取り出すと、夏合宿の時に撮った何枚かを見せた。

「おー、イケメンじゃない。こりゃあ、人気があっても不思議じゃないね。それに道着姿も凜々《りり》しくて、チャラチャラした感じの子じゃなくて安心した。さすがに写真だけで性格を見抜けるほど修業してないから、何とも言えないけど、ルックスだけはとりあえず合格！　って感じかな」

本当は、試合の時に撮ったもっと格好良い一枚があるけれど、ちょっと恥ずかしくなって見せるのは止《や》めておいた。

「で、この拓海君と七海ちゃんで練習記録ノートをつけてましたと。なんか、昭和な香りがプンプンする話だわね」

「……そうなんです。かなり昔の先輩方が同じようなノートをつけていたようで、そのうちの何冊かが道場に残ってました。けど、もう何年も前から専用ソフトやアプリがあって、私たちが入部したころには、うちもそういったものを使って練習記録をつけてました」

「まあ、時代よね。なんせ小学生にまでタブレットやパソコンを学校で配る御時世ですから」

良子ちゃんは要所要所で相槌《あいづち》を打ったり、言葉を返したりしてくれる。それが何とも心地よく、ついつい口から言葉が流れ出てしまう。

「もちろん、データで記録した方が良い物は私たちもアプリを使ってました。的中記録とか試合成績とか。それにスマホで射形を動画撮影して、自分の癖を確認するとか……。ああっ、ごめんなさい射形って弓を射るフォームのことです」

良子ちゃんは「へぇ」と短く挟むと、目で話の続きを促した。

「去年の六月に三年生が引退して、七月から私たちが部の運営を引き継ぎました。最初は一学年上の先輩方のやり方を真似《まね》ていたんですけど、なかなか上達しない部員が多くて、私も拓海も悩んでました」

「けど弓道部の顧問の先生って、確か……」

「以前は全国大会にも出場経験のある顧問の先生が部を率いてたんですけど、私たちが入学する数年前に定年退職されたとかで……。ここ数年は数学の先生が名目上の顧問をしてくれてはいるのですが、指導などは一切受けていません。全部、部員たちによる自主運営になっています」

「そっかぁ、それは大変だ。主将と副将の責任も相当重そうね」

そう、本当に大変で、部を引き継いだ最初の一ヶ月は無我夢中でよく覚えていない。八月に入ってちょっと落ち着いてはきたけれど、練習試合などは酷《ひど》い成績が続いていた。そんなある日、練習後に拓海に呼び止められた。

『門限とか大丈夫か？』

日が長くなった夕方、私たちは他の部員を先に帰し、校門前にあるパン屋さんの店先のベンチに並んで座った。

拓海は勝手に自動販売機で缶コーヒーを買うと私にくれた。

『今日は俺が奢る。次からはジャンケンで負けた方が払うことにしよう』

一方的にそう宣言するとゴクゴクと喉を鳴らして美味《おい》しそうに飲んだ。私もタブを開けて一口飲んでみた。あまりの甘さに身震いしたのを覚えている。

『あのさ、この前、道場の倉庫を掃除してたらさ、三十年以上前の先輩がつけてた練習記録ノートを見つけたんだ。これが、その一冊なんだけどさ』

拓海は私にノートを手渡した。青い表紙にはマジックで学校名と『弓道部練習記録ノート』と書いてあり、その下に主将と副将の名前があった。

それはコクヨのキャンパスノートだった。青い表紙のB5サイズで、ブランド・ロゴの配置が私が知っている物と違うのは、随分と前の物だからかもしれない。

『ここ、よく見てみ。部員一人ひとりの癖をちゃんとつかんで、それを直す練習方法まで書いてある。すごくねぇ？　俺、これを読んで反省したんだ。部員一人ひとりのことを、ここまで真剣に見てたのかって』

拓海は私のすぐ隣に座り、ページをめくっては『ここも！　手の内を写真に撮って貼ってあるんだ、良い時と悪い時の。悪い癖が出てきたら早いうちにアドバイスしてたんだと思う。凄《すご》いよなぁ』とか『公式戦の一週間前から、正規練習の前に的前《まとまえ》に立つのを禁止して、実戦さながらのシチュエーションを用意するっていうアイディアは、絶対に俺たちの代でも取り入れるべきだと思うんだよね。ってか、なんでこんな良い方法を引き継いでこなかったんだか』とか……。とにかく、その日はあっと言う間に一時間が過ぎた。

さすがに門限が気になってきたこともあって、私は拓海に言った。

『で、森川君は先輩たちと同じようなことがしたい訳ね？』

『うん、そう。とりあえずノートは買った！』

拓海は真《ま》っ新《さら》なキャンパスノートを鞄から取り出した、青という色まで一緒の物を。すでに学校名と『弓道部練習記録ノート①』と書いてあった。

『じゃあ、提案者ってことで、俺が先に名前を書くぞ』

拓海は『主将・森川拓海』と表紙に書き、キャップを外したままのマジックを差し出してきた。

『ほら、沢村《さわむら》も書いてくれよ』

私はマジックを受け取りながら拓海に聞いた。

『どうせ森川君が書くんだから、私の名前はいらないんじゃない？』

『何を言ってんの？　沢村は俺の副将だろ？　一緒にやってくれないと困る』

じっと見つめてくる拓海の圧に負けて、私は小さく『副将・沢村七海』と書いた。

『なんだよ、もっとデカく書けば良かったのに……。ま、いいか。どうせ一ヶ月ぐらいで使い切るだろうから。次は、もっと大きな字で書いてくれよな』

拓海は大事そうに鞄にノートを仕舞うと『さ、帰ろう』とベンチから立った。

それが始まりだった。


「ふーん、積極的なタイプなんだ拓海君って。あのさ、七海ちゃん。確認するのもあれだけど、あなた拓海君に好きだって伝えてないでしょ？」

練習記録ノートの始まりを話したところで、良子ちゃんはいきなりそう言った。

「えっ……」

絶句するとは、こういうことだと思った。

「なんか、そういう所も瑠美にそっくり」

私は黙って頷くだけだった。良子ちゃんは大袈裟《おおげさ》に溜息をつくと、がっくりとうな垂れた。

「母と娘、二代に渡って恋の悩みを聞かせてもらうのは光栄なんだけどさ、もうちょっと進化してもいいんじゃない？　それともDNAって、そんなに強いの？　あっ、私、さっきも同じようなこと言ってたわよね？　同じ話を何度もするようになったら年寄りの仲間入りだって聞いたことがある……。あーやだやだ」

そう言ってカラカラと良子ちゃんは笑った。つられて私も笑ってしまった。

「なんで言わないの？　今どきの高校生の恋愛事情に疎いから、良く分からないけど。チャンスぐらい、いくらでもあったでしょ？」

私は小さく首を振った。

かれこれ三年も好きだけれど、告白するようなチャンスはなかった。いや、あったけれど私には言い出す勇気がなかった。

中学三年生の一学期、私は両親の母校で催された学校説明会に母と一緒に参加した。その時、拓海と出会った。

久しぶりの母校訪問で、異常なまでにテンションの高くなった母は、講堂での説明会が終わると『部活見学は一人で大丈夫でしょ？　気が済んだらＬＩＮＥを頂戴』と一方的に告げると職員室へ恩師を訪ねに行ってしまった。

仕方がなく、説明会で渡された案内を頼りに、校舎を一巡し、体育館や音楽室などを見て回った。そして校庭の片隅に設けられた弓道場に軽い気持ちで立ち寄った。道場の玄関口では一年生が『よかったら見学していってください』と熱心に勧誘をしていて、その声に導かれるままに道場内へと足を踏み入れた。入り口に学校名と名前を記入する受付簿があって、それに走り書きをすると先輩に案内されて射場の後ろにある控えに座らせてもらった。

大きく開け放った戸の遥《はる》か向こうに小さな的が見え、射場では五人の先輩たちが弓を引いていた。ちょうど一人が弓を目一杯に引き絞り、きれいな音を奏でて矢を放ったところだった。入部してから教えてもらったのだが、矢を放つ際に弓が発する音を『弦音《つるね》』と言う。人気アニメのタイトルにもなっているほどで、その音と道場に張り詰めた凛《りん》とした空気に私は魅了された。

『ふぅ』

隣から溜息が聞こえた。ふと横を見ると一人の男子が真剣な眼差《まなざ》しで射場をじっと見つめていた。どうやら息を殺して見ていたらしい。その横顔は日に焼けていて、短めに刈った髪型と相まって弓道というよりも野球やサッカーが似合いそうな男子だった。恥ずかしいけれど、私は一目惚《ひとめぼ》れをしてしまった……。

最初は五分か十分ほど見学したら、早々に退散しようと思っていたのに、隣の彼が動かないので私も動けなかった。というよりも、動きたくなかった。幸いなことに、道場が校庭の外れにあるからか、他に見学者はなく、彼と私の貸し切り状態が続いた。

『……俺、決めた。この学校に入って弓道部に入る。君はどうするの？』

彼の隣に座って三十分ぐらいしたころだろうか、不意にそうたずねられた。

『えっ……、えーっと、分からない。そもそも合格するかも分からないし』

今になって思えば、答えを求めた問いではなかったのかもしれない。

『したらじゃなくて、するんだよ、合格。俺はこの学校に入るし、弓道部に入る』

随分と自信過剰で大人びた嫌な奴《やつ》って感じの言葉だけど、不思議と格好良かった。

『じゃあ、俺、そろそろ行くわ。四月に会おう』

勝手にそう言い放つと私の返事も待たずにすくっと立ち、先輩方に黙礼をして道場から出て行ってしまった。

一人残された私はタイミングを逸し、そのまま十五分ほど座っていた。親子連れの見学者が来たところで、ようやく立つことができた。

玄関口の受付簿を見ると、私が走り書きした名前の上に『森川拓海』と書いてあった。その丁寧で大人っぽくて綺麗《きれい》な字は、とても同い年の男の子が書いたとは思えないものだった。

こうして私の心は拓海に射抜《いぬ》かれてしまった。


自分でも驚いたけれど、拓海と同じ高校に合格して、弓道部に入るという目的ができた私は、受験勉強を頑張った。そして合格した。

今になって思うけれど、拓海があの場で呟《つぶや》いた通りにうちの高校に入学する保証なんて、これっぽっちも無かったのに私はその言葉を信じて疑わなかった。そして拓海も宣言した通りに、うちの高校に入学した。

入学式のあと、何となく拓海が待っているような気がして、私は弓道場へと行ってみた。すると拓海が道場の窓から先輩方の練習を眺めていた。その年は春の訪れが遅く、例年ならすっかり散ってしまっている桜が残っていた。

ちらちらと舞う花びらの向こうに拓海の後ろ姿を見つけた時の胸の高まりを、どうしたら表現できるのか私には分からない。

私がそっと近づくと、拓海はふり返った。

『こんにちは』

私が声をかけると拓海は無言で頷いた。そして私の顔をじっと見て言った。

『何ヶ月ぶりなんだろうね？　学校説明会の日以来でしょ？』

『……覚えてたの？』

拓海は小さく頷いた。

『うん、だって、あの日にここで会ったのは君だけだから。確か七海って名前だよね？　七つの海って書いて七海。帰る時に受付簿を見たら、そう書いてあった。自分が拓海だから、似たような名前だなって思って』

『……へぇ、そう』

素っ気ない返事とは裏腹に嬉しさがこみ上げてきた。拓海が私の名前を憶《おぼ》えていてくれたんだと。

『うん、で、どうするの？　俺はあの時に言った通り入部する。悪目立ちしたくないから、仮入部の日まで我慢するけどね。君は？』

『考え中かな』

ばか！　なんで素直に『君がこの学校の弓道部に入るって言ったから、私もこの学校を受けたし入部もする』って言わないの？　迷うのが普通だよ』

『そっか、まあ、色んな部活があるからね。迷うのが普通だよ』

『……だね』

こうして、私は最初のチャンスを逃した。それから主将・副将の関係になるまでに、何度も機会はあったのに、すべて無駄にしてきた。

『おい、拓海。また、クラスの女子からお前のＬＩＮＥを教えて欲しいって言われたぞ』

夏合宿の一週間ほど前、二年生だけが集まって行なうミーティングが終わった直後だった。皆が帰り支度をしていると、男子部員の一人が拓海にそう言った。

『……で、どうしたんだ？』

拓海は抑揚のない声で応えた。

『大丈夫だって、教えてないよ。逆にお前のＬＩＮＥが超素っ気なくてつまらねぇってバラしておいた。ついでに俺の方がレスも早いし、面白いよって売り込んだ』

『うん、それでいい』

『あっ、相変わらずだなぁ。お前さ、相手が誰だか気にならないの？』

拓海は小さく頷いた。

『気にならない、って言うか、気にしても仕方がない。俺は弓道部主将の間は誰とも付き合わない、そう決めてあるんだ。仮に来年のインターハイに出場できたとして、あと一年ちょっとしか無いんだ。目一杯、部活に時間を使いたい。だから付き合ったとしてもデートもできないし、長電話やＬＩＮＥの相手もできそうにない。そんなのは失礼だろ』

その言葉を聞いてしまって、とても複雑な気持ちになった。誰かに拓海を奪われる心配がない代わりに、私とも付き合ってもらえる可能性はないってことだ。やっぱり一年生のうちに気持ちを伝えておけば良かったと深く後悔した。

もっとも、そんな後悔とは裏腹に『私なんかじゃ拓海と釣り合わない。きっと拓海も私のことなんか弓道部の仲間としか思ってない。変にコクって、その後ぎくしゃくするより良かったよ、言わなくて……』と必死で自己弁護する気持ちもあった。そんな風に私の心は、あっちへ行ったりこっちへ来たりと揺れていた。

「ふーん、硬派なんだ、拓海君。勝手な思い込みなんだけど、今どきの高校生は、もっとカジュアルに付き合うもんだと思ってた。意外だなぁ」

「人によります。弓道部でも付き合っている人はいます」

ふと、横を見るとマスターがしかめっ面で溜息をつき、首を振っていた。

「七海ちゃん、ちょっとごめんな。良子、お前さん硯《けん》ちゃんの出前をすっかり忘れてやぁしねぇか？　奴《やっこ》さん、飢え死にするぞ」

そう言ってマスターは魔法瓶とバスケットを良子ちゃんに差し出した。

「あっ、いけない。すっかり忘れてた……、やばい！」

慌てた様子で立ち上がると良子ちゃんは私の手を引っ張った。

「ね、一緒に行こう。近所なんだけど『四宝堂《しほうどう》』って文房具屋さんがあるの。そこに配達しないと駄目なのよ。私が一人で行ったら遅刻を理由にネチネチと虐《いじ》められるかもしれないから。ね！　お願い」

「そんなことはねぇだろ、硯ちゃんに限って」

マスターは呆れたといった顔で溜息をつき「そうそう、硯ちゃんも七海ちゃんの学校のOBだよ。パパやママ、良子と同級生なんだ。硯ちゃんもきっと驚くと思うから、顔を見せてあげて。代わりに今日のお代はロハでいいよ」と言った。

「ロハ？」

思わず私が聞き返すと、良子ちゃんが「〝只《ただ》〟ってことよ」と教えてくれた。

「さ、早く」

良子ちゃんは魔法瓶とバスケットを一旦カウンターに置くと、戸棚から取り出した紺色のカーディガンを羽織った。私も慌ててノートとスマホを鞄に仕舞い、良子ちゃんに続いて『ほゝづゑ』を後にした。

「気を付けてね、硯ちゃんによろしく～」

マスターの声を背中に聞きながら柳の枝がそよぐ路地を急いだ。

五分ほど歩くと、イラストに出てくるような円筒形のポストがあり、その向かい側に目当ての文房具店があった。

「硯ちゃん、ごめんなさーい！」

良子ちゃんは四宝堂のガラス戸を開けるなり、拝むように手を合わせた。「硯ちゃん」と呼ばれた店主さんは、店に入ってすぐの所に立っていた。

「……許せん！　罰として俺様が食べ終わるまで、店番の刑に処す！」

店主さんの芝居がかった大袈裟な口ぶりは良子ちゃんをからかって遊んでいるといった様子で、二人の仲の良さが瞬時に伝わってきた。

「あっ！　い、いらっしゃいませ……！」

良子ちゃんの陰に隠れていた私を見つけると、店主さんは慌てて腕組みを解き挨拶をしかけたが、そのまま絶句すると続けて「えーーっ！　るっ、瑠美？」と言った。

「でしょ？　そっくりよね。でも、この子は七海ちゃん、瑠美と沢村君のお嬢さん」

「はじめまして。沢村七海です。お邪魔します」

私が挨拶すると「えー、あー。すっ、すみません。久しぶりに動揺しました。申し訳もございません。四宝堂文房具店店主の宝田《たからだ》硯と申します。よろしくお願い申し上げます」と頭を深く下げた。

その様子に良子ちゃんと私は笑ってしまった。

「ちぇっ、なんだよ。そうならそうと、店に来る前にＬＩＮＥで知らせてくれればいいのに……。まぁ、けど、そうかぁ、瑠美のお嬢さんかぁ。あっ、私のことは硯ちゃんとお呼びください」と付け加えた。

「うーん、けど、そう言えばそうだった。瑠美は沢村と結婚したんだったな」

「うん、高校を卒業すると一人暮らしを始めた沢村君の部屋で同棲《どうせい》を始めて、すぐに七海ちゃんを産んだのよ。高校時代に初めて付き合った相手とそのまま結婚して、十代で子供まで産んじゃうってのは、かなり珍しいよね。まあ、それぐらいの熱愛だったからなぁ……。ある意味、うらやましいわ」

「ある意味って、どんな意味だよ」

「……いいじゃない、別に」

良子ちゃんは、そんな話をしながら会計カウンター脇にある小さなテーブルの上にクロスを広げ、ステンレス製の楕円《だえん》のお皿と、真っ白な珈琲カップを並べた。お皿にはトーストしたパンを使ったサンドイッチとフライドポテトが盛られていた。

続けて竹製の受け皿の上におしぼりを置くと、砂糖壺とミルクピッチャーを並べ、最後に魔法瓶からカップに珈琲を注いだ。

「お待たせしました。さ、召し上がれ」

「お客さんの前で申し訳ないけど、ごめんね」

そう私に断りを入れると、硯ちゃんは折り畳みの椅子を引き寄せ、おしぼりで手を拭き「いただきまーす」と言い終わると同時にサンドイッチにかぶり付いた。

「あーあ、そんなにがっつくとシャツを汚しちゃうよ」

「だってさぁ、一時半に届けてくれって予約しておいた出前が一時間以上遅刻したんだぜ、腹も減るよ。まあ、さっきまで目が回るほど忙しくて、約束の時間通りに配達してもらっても、食べられなかったんだけどね」

硯ちゃんは舌を出してそう言った。

「ああっ、けど、七海ちゃんだっけ？　瑠美そっくりな沢村のお嬢さんが、なんで良子と一緒に配達に来たの？　いや、迷惑なんかじゃないよ、むしろ大歓迎。何と言っても女子高生ってのは、文房具を一番使ってくれる人たちだからね」

良子ちゃんが呆れた声をだした。

「商売熱心なのは良いけれど、高校生にまで売り込みをかけるのはどうかしら？」

「七海ちゃん、大人の世界は厳しくてね……。なんちゃって。そうそう、沢村や瑠美は元気にしてるの？」

父は三年前から大阪に単身赴任していることや、母は病院で医療事務の仕事をしていることなどを簡単に話した。

「あの、少しお店の中を見て回ってもいいですか？」

「もちろん！　どうぞどうぞ、ゆっくりとご覧になってください」

急に硯ちゃんの言葉遣いが丁寧になった。一瞬にしてお仕事モードに戻ったようだ。

「欲しくもないものを、無理に買ったりする必要はないからね！」

良子ちゃんがそう言って笑った。「余計なことを言わなくていいのに」と硯ちゃんが零す。本当に仲が良くて羨ましい……。

公式戦の直前、男子団体戦の立ち順で私と拓海は初めて大きく揉めた。十一月のことだ。

十月の大会は、個人戦では拓海が五位に食い込んだが、三位以内の入賞は逃していた。さらに三人立ちの団体戦は男女それぞれ四組をエントリーしたものの、全て予選敗退と芳しい成績は挙げられなかった。

『初矢《しょや》を外さない奴を大前《おおまえ》に置きたい。初矢の的中率が一番高いのは俺だから、俺が大前に立つ』

拓海は決定事項のように言った、いつものベンチで。その日も私がジャンケンに負けて、切り替わったばかりのホットの缶コーヒーを口にしたところだった。

今回の団体戦は五人立ちで、各校男女それぞれ一チームのエントリーに限定されており、補欠も含めて事前に選手登録した七名しか試合には出場できない。この七名の登録選手の人選までは二年生全員で決めたが、立ち順については主将・副将に一任することでミーティングは解散した。

『けど、そうしたら落《お》ちは誰がやるの？』

五人立ちは先頭から、大前、弐的《にてき》、中《なか》、落《お》ち前《まえ》、落ちと呼ぶ。多くのチームで主将は最後に射る落ちを担い、後からチームを統率するのが一般的だ。なのに、拓海は主将である自分が大前に立つと言う。ちなみに女子は私が落ちを務めることがすんなりと決まっていた。

『木原《きはら》にやらせる』

木原君は一年生で唯一団体戦のメンバーに選ばれた男子だった。

『五人立ちの公式戦に初めて出るのに、落ちなんて無理だよ』

私は抵抗した。実際に、七人しか無い登録枠を二年生八人、一年生九人の合計十七人で男子は争った。的中記録をつけている『正規練習』の直近二週間の成績と公式戦の結果などを踏まえて二年生で話し合った。この話し合いの場でも、拓海は木原君を強く推し、登録枠にねじ込んだ。お陰で二年生から二人が出場登録枠から漏れてしまった。

『無理かもしれないけど、無難に弐的や落ち前じゃあ意味がないんだ。木原には俺の次の主将をやってもらうつもりだから。今年から大きな役割を経験させたい』

『……、ただでさえ一年生唯一の登録選手で周囲のヤッカミとかもあるのに』

『木原はこの程度で潰れる奴じゃない。もし潰れたなら、それまでってことさ』

拓海は冷たく言い放った。

『なんか、森川君らしくない。……そんな立ち順、誰も納得しないと思う』

気が付いたら私はそう言っていた。自分の声を聴いて、その突き放した言い方にハッとした。慌てて横に座る拓海を見ると、暗くなった空を見上げて黙っていた。

私も黙って拓海の横顔を見つめた。横から見ると彫りの深さや睫毛《まつげ》の長さが余計に目立つ。しばらくすると拓海は小さく溜息をついた。

『俺、どうしても勝ちたいんだ……。部のみんなに色々と無理をさせてるって分かってる。練習メニューも大幅に変えたし、有志だけって言いながら、ほとんどの部員を朝練に付き合わせてる。だから、どうしても勝って、みんなと喜びたいんだ。そのためには多少乱暴でも、勝てる方法を追求したい』

拓海が必死なのは私も良く分かっていた。しかし、実際に反発する部員も何人かいて、それをなだめて回るのは私の役割だった。

『けど、けどね。部のみんなが森川君と同じように思ってるとは限らないよ。そりゃあ、みんなだって勝ちたいと思ってる。けど、もっと純粋に弓を楽しみたいとか、みんなと仲良く弓を引きたいとかって考えている人もいると思う。だから、そういう人たちの気持ちも考えてあげて』

拓海は私の顔をじっと見つめていた。けれども何も言わずに首を振った。

『悪いけど先に帰る。明日また話をしよう』

そう言って私を置いて行ってしまった。行ってしまう拓海の背中を眺めながら、ぬるくなった缶コーヒーを私はちびちびと飲んだ。拓海が角を曲がってしまうと、なぜだか涙が零れた。缶を足元に置くと私はハンカチで目元を覆い、声を漏らして泣いた。

私だって、拓海と同じ気持ちだよ！　と言えなかったことを後悔して。

けれど、それを言ってしまったら副将の役目を放りだしたことになる。拓海に『俺の副将』と言われて練習記録ノートを渡されたときから、自分の気持ちを押し殺していたというのに……。

不意に誰かが私の頭をポンと叩《たた》いた。慌てて顔をあげると拓海が立っていた。

『……大丈夫か？』

大丈夫じゃないよ！　と思いながら私は首を縦に振った。

『コンタクトがズレちゃって……。けど、直ったから大丈夫。帰ったんじゃなかったの？』

『うん？　ああっ、遅くまで付き合わせておいて、先に帰るのはやっぱマズいなって思い直して。さ、帰ろう。明日も朝練だぜ』

拓海は私の鞄を持って先に歩き出した。私は慌てて追いつくと、拓海の手から鞄を受け取った。

『今日、沢村の番だったよな？　ノート。あれに、沢村が良いと思ってる男子の立ち順を書いてみてよ。それを見てもう少し考えるから……』

拓海は前を向いたままそう言った。

『沢村が色々と調整してくれてるのは知ってる。バラバラになりそうな部がなんとかまとまってるのは、沢村がフォローしてくれてるからだって、分かってはいるんだ……。なんか、ごめんな、我がままばっかで』

また涙が出そうになった。慌ててハンカチで目元を押さえる。

『なんだ、またコンタクトがずれたのか？』

『だっ、大丈夫だって！』

強がって、そう言うのが精一杯だった。

その晩、四冊目も終わりの方まで埋まりつつあるノートを隅から隅まで読み直した。一冊目の頭から、四冊目の終わりまで、選手ごとの状態を順に読み解いていくと、拓海の言わんとしていることがだんだんと分かってきた。

改めて拓海が付けた日と、私が担当したそれとを比べてみると、見ているところがまるで違うことが良く分かる。拓海は細かに射形を観察している。

和弓の射法は、流派によって多少の違いがあるが『射法八節』と言い、立つ位置を定める『足踏《あしぶ》み』、矢をつがえ姿勢を整える『胴造《どうづく》り』、弦に右手の指をかける『弓構《ゆがま》え』、弓を頭の上まで上げる『打起《うちおこ》し』、弓を左右均等に引き絞る『引分《ひきわ》け』、弓を完全に引き絞り狙《ねら》いを定める『会《かい》』、胸を大きく開き矢を放つ『離《はな》れ』、離れのまま姿勢を崩さず矢所を見定める『残心《ざんしん》』の八つで構成されている。

この八節に沿って、拓海は部員一人ひとりの癖を観察し、しかも自由練習、正規練習、練習試合と場面による違いまで見つけている。自由練習では的中率の高い部員でも、記録を付ける正規練習だと的中率が下がったり、学校の道場では安定しているのに、他の道場では結果が出ない部員など、それぞれの特徴が良く分かる。

対して、私が書いているのは練習中はもちろん、休み時間なども含めて部員たちと何を話したのかという内容を中心に、気持ちの上がり下がりなど、会話中の気になる点だった。もっとも、ノートに残したくないことなどは、大きめの付箋に『読んだら捨てて！』と書いて渡していたので、大事なところは記憶で補うしかない。

結局、私なりのオーダーを書き終えたのは、明け方近くになってからだった。

寝不足のまま朝練に行き、ノートを拓海に渡した。一瞥《いちべつ》すると『大前が俺で、木原は弐的か……』と小さく言った。つづけて『理由を教えてくれ』と。

『木原君の育成が目的だったら、森川君の立ち居振る舞いを一番近くで見られる位置がいいと思って。あと、初矢を外さない人を大前にっていう森川君の意見は、それもそうだなと思い直した。それに森川君を落ちにしちゃうと、どこを木原君にやってもらっても、森川君のことを見られないでしょ？』

拓海は小さく頷くと笑顔を見せ『了解、沢村の案を採用』と答えた。

四宝堂の店内は意外に広く、背の高い陳列棚もあって、ちょっとした迷路のようだった。レジ前で良子ちゃんと硯ちゃんが楽しそうに話している声を聞きながら、売り場を見て回った。

レターセットや絵葉書、それにグリーティングカードと並んでノートやメモ帳のコーナーがあった。

見たことのない大学ノートやメモパッドに並んで、コクヨのキャンパスシリーズもたっぷりと置いてある。練習記録ノートで使いなれたB5サイズのB罫はもちろん、罫線だけでもA、B、C、U、ULと五種類もある。その他にも方眼や縦罫、無地、それにドット入りなど。

「こんなに種類があるんだ……」

思わず独り言が零れた。

拓海は何時もキャンパスノートのB5サイズ・B罫と決めていて、頑《かたく》なに違うノートを使うことを嫌がった。一度、学校近くの文具店へ一緒に行ったことがある。けれど拓海は迷うことなく、いつもと同じノートを選ぶと、さっさと支払いを済ませて店を出てしまった。

『ねえ、たまには違うのを試してみない？　色々な種類があるし、もうちょっと可愛《かわい》いのとか、格好いいのとか。和綴《わと》じ風のもあったよ』

私がそう言うと拓海は大きく首を振り、毅然《きぜん》とした表情でキッパリと言った。

『俺、形から入る方なんだ。真似るならとことん真似たい。手本にしている先輩方はずっとコクヨのキャンパスノートのB罫を使ってた。残念ながら先輩に直接会って、なんでこれにしたのか聞くことはできないけど、きっと何か意味があると思う。だから、自分なりに、このノートを極めるまでは、これにこだわりたいんだ』

時々、拓海は難しいことを言い出す。返す言葉も見当たらず、私は黙って頷いた。

それでいて先輩を真似ていると言いながら、ノートへの記入方法は拓海なりの工夫が満載で、いったい何種類のペンを使い分けているの？　と何時も感心していた。

基本は黒のボールペンで、良かった点は青のボールペンで囲み、悪かった点や気になることには赤で波線が引かれている。さらに大事だと思うことは筆ペンかマジックで大きく書いたり、蛍光ペンで強調したりと、私しか読まないのに、あれこれと工夫がしてあった。

私も拓海が記入したページを参考に、内容そのものでは太刀打ちしようがないので、イラストや図を添えるなどの工夫をした。拓海は『ちょっと凝りすぎじゃない？』と笑っていた。

けれども、必ず『へぇ！　気づかなかった……。よく発見した！』とか、『そうそう！　その通り』『ちょっと違う気がする。一度相談しよう』など、ちょっとした書き込みをしてくれた。本当にちょっとしたことだけど、ちゃんと見てくれてるんだと思うと嬉しかった。

私も何とか拓海のページに気の利いた書き込みをしたいと思ったけれど、何時も納得させられることばかりで、『賛成！』とか『了解です』ぐらいが精一杯だった。

ノート類の売り場の向かい側には多種多様なペンが並んでいた。シャーペンやボールペン、サインペンに蛍光マーカー、筆ペン。メーカーのシリーズ別に整理され、さらに色や線の太さなどで細かく仕切られた什器《じゅうき》に並べられている。いったい何種類あるんだろう？　そう思うぐらいに壮観だ。

見慣れたペンでも紫や茶色、黄色など、変わった色のインクがあり、さらに極細から極太まで何種類もの太さが用意されている。

筆ペンも墨や薄墨といった、大人が使うようなものから、絵を描くために用意されたのかと思うようなカラフルなインクのものまであって驚いた。

もっとも遊びなれた帰宅部の女子高生からしたら、こんな文房具なんて当たり前過ぎて話題にもならないのかもしれない。

もしかしたら拓海はこういった大きな文房具店であれこれ見て回った結果、コクヨのキャンパスノートを選んだのかもしれない。そして、書くためのペンなども、色使いで遊ぶことこそ無かったが、あれこれと良い物を一生懸命に探したのかもしれない。

ペンとノートが向かい合う棚を通り過ぎると『部活引退シーズン！　お世話になった先輩に、かわいい後輩にメッセージをどうぞ！』という、大きなポスターが目に飛び込んできた。

ポスターの下には、一般的な色紙の他に、バスケットやバレー、ラグビーなどのボールを模した物や、アメフトのヘルメット、テニスや卓球のラケット、バドミントンのシャトルなど、さまざまな工夫が凝らされた色紙やサイン帳、メッセージカードが所狭しと並んでいる。その他にもブラスバンド用だろうか、管楽器や五線譜、軽音楽部用のギターやドラム、演劇部やダンス部用と思しきスポットライトや舞台を模したものなどまで。さらには、色とりどりのサインペンやマーカー、それにスタンプなどが並べられている。

しかし、弓道を連想させる品物はなく、武道系は剣道の防具が表紙に描かれたサイン帳と、柔道だか空手だかの道着を模した色紙ぐらいしかなかった。

もっとも、うちの弓道部は大袈裟な引退式のようなものはなく、公式戦の敗退が決まり次第、三年生は練習に参加しなくなり、二年生中心の運営へと切り替わる習わしになっている。なので、色紙のやり取りのようなこともなく、後日、卒業式の前後で、矢立《やた》てや巻《ま》き藁《わら》台などの練習道具を三年生から後輩に寄贈するぐらいだ。

例外として主将と副将の引き継ぎがあって、それが今度の土曜日に予定されている。すでに道場の鍵は拓海から主将を引き継ぐ木原君に預けてあるが、他にも部費などを管理している口座の通帳や印鑑、練習試合などを定期的にしている他校の連絡先を記した名簿などを引き継がなければならない。

それが、主将の拓海と副将の私が最後に一緒にやる仕事だ。

思えば一年程前、先輩から諸々を引き継いだあと、拓海は私に最初の提案をした。

『なあ、ちょっといいか？』

先輩たちを見送って二人っきりになった道場で拓海が私に声をかけた。

『うん？』

『あのさ、俺、考えたんだけど……。俺たちが主将と副将の間は、雑用はなるべく上級生が中心になってやろう。先輩たちを非難する訳じゃあないんだけど、後輩に準備や後片付けを全部任せっぱなしにして、上級生の自分たちだけが楽をするのは止めにしたいんだ』

唐突な提案に、ちょっと驚いた。

『俺たちもそうだったけど、一年生なんて慣れない練習だけで目一杯のはずなんだ。その上に準備や後片付けを全部やらせてたら、弓道を嫌いになっちゃうかもしれないだろ？　俺、仲間が途中退部するの嫌いなんだ。だって辛《つら》いだろ？』

ちょっと意外だった。

『あっ！　なんで笑うんだよ』

拓海はむきになって怒った。

『笑ってないよ、ちょっとびっくりしただけ。だって、私たちだって、用意して片付けてっていうのを一年間やってきたじゃない。それに森川君が一番頑張って先輩たちに叱られないように早くに来て準備をして、最後まで残って後片付けも完璧にしてたと思うんだけど……。それなのに、なんで今年から変えるの？』

『……おかしいと思うことを放っておきたくないいんだ。下級生から練習の時間を奪っておいて、先輩は何もしないなんて。だから、俺の代、いや、俺たちの代で変えたいんだ。どう？　俺の提案。変かな？』

私は少し考え込んでしまった。拓海が言ってることは筋が通ってはいるけれど、果たして同期全員が納得してくれるだろうかと。

『森川君の気持ちは分かった。……ちなみになんだけど、同期の男子は何て言ってるの？』

拓海は『えっ？』と驚いた顔をした。

『何てって……、まだ誰にも相談してないから、分からない』

『うそ！　誰にも相談しないで、こんな大事なことを決めちゃったの？』

『誰にも相談してないことないじゃん、こうやって沢村に話してるんだから。それに、まだ決めてない、提案って言ったじゃん』

困ってしまった。拓海が言ってることは正しいし、上級生も下級生も一緒になって用意や後片付けをするという、新しい伝統を私たちの代から創るのも魅力的だ。問題は、同期全員の納得をどうやって取り付けるか……。

『男子は俺が一人ずつ話をして納得してもらう。代わりに沢村は女子の意見を取りまとめて欲しいんだ。できれば来週の月曜日の練習開始前ミーティングで発表したい。今日と明日で話をつけられる？』

『……うん、やってみる』

不意に拓海が右手を出した。そして私の右手をそっと握り、左手を添えてギュッと力を込めた。

『頼むぜ、最初が肝心なんだ。良い伝統はそのままに、俺たちが理不尽だなって思ってたところは作り直して、歴代最高の弓道部にしようぜ』

『……うん』

握手とはいえ手を握られて拓海に頼まれちゃったら私は断れない。

その晩はすっかり舞い上がり、同期の女子一人ひとりに熱弁を振るってしまった。

『なんか、森川君のというよりも、七海の意見に聞こえるけどね……』

結局、みんなも呆れながら賛成してくれた。

「あらー、今の七海ちゃんにドンピシャな売り場だこと」

ふと横を見ると良子ちゃんが立っていた。手にはバスケットと魔法瓶があった。

「もう、いいんですか？　出前」

「うん、食べるの速いからね。もっと味わって食べてって、何度言っても直らないのよ」

そこへ硯ちゃんがやってきた。

「まずかったら、あんなスピードで食べられないよ。美味《うま》い！　ってのを体で表している訳で、むしろ喜んでもらいたいぐらいだけどね」

「本当に素直じゃないよね」

呆れる良子ちゃんを他所《よそ》に、硯ちゃんは私に言った。

「何か気になる物がありましたら、お気軽に申し付けください。売れ筋の物は見本を出してありますが、それ以外の物も包装を解いてご覧いただけるようにします」

硯ちゃんは遅めのお昼ご飯を食べて元気を取り戻したみたいだ。

「あの、弓道部っぽい物はありませんか？」

硯ちゃんは「はい、少々お待ちください、えーっ」と間を置くと、奥の方から的の形をした物を取り出した。

「このような当店オリジナル商品をご用意しております。想定外に売れ行きは芳しくないのですが……。ご存じのように本来弓道の的は黒と白で描かれておりますが、黒の部分はメッセージが書きづらいので浅葱《あさぎ》色にしてあるのです。しかしながら実際に弓に親しんだ人にとっては違和感を覚えずにはいられない配色とかで評判は今ひとつです。あと、円形というのが据わりが悪いとかで、その辺も不人気の原因かと」

硯ちゃんは、そう言うと「一尺二寸という実物の的の大きさにはしたんだけどなぁ。来年は見直さないと……」と呟いた。

「あと、特注になりますが、知り合いの個人作家さんが何人かいますので、頼めば色紙にイラストを描いてくれたり、シールを作ることなども可能です」

「いっ、いいえ、大丈夫です。特に使う予定がある訳ではないので……」

私は慌てて首を振った。

「あっ、そうだ。主将の彼に『お疲れ様でした！』ってことで、メッセージカードとか手紙でも渡したら？　でもって、ついでに想《おも》いを伝えるってのはどう？」

不意を突くように良子ちゃんが私の耳元で囁《ささや》いた。きっと私の顔は真っ赤になったのだろう。硯ちゃんは少し怪訝《けげん》な顔をしたが、すぐに表情を戻すと言った。

「何かお手伝いができることがあれば、遠慮なくおっしゃってください、何なりと。

全力でご要望にお応えします」

なんとなくだけれど、生真面目な口調というか姿勢というか、その辺が硯ちゃんと拓海は似ているような気がしてきた。


二年生の三学期に入ってすぐだった。年が明けると気温がぐっと下がり、屋根があるとはいえ矢道《やみち》に向かって戸を開け放っている道場は凍えるような寒さだ。冷たくなった体が強張《こわば》ることもあり、冬場は縮こまった小さな射形に陥る部員が増える。そんなことを言っている私も寒いのが苦手なこともあって、調子を崩していた。

ある日、拓海から受け取ったノートには、私の射について細かく指摘が書き連ねてあった。中でも一番気になったのだろう、『会が短過ぎ！　早気《はやけ》になってる』と筆ペンで大きく書いてあった。

『うーん』

部屋でノートを眺めながら一人で唸《うな》っていると、スマホの通知音が鳴った。見てみると、驚いたことに拓海からのＬＩＮＥだった。

【ノート見た？】

拓海は文字入力が苦手なのか、とにかくメッセージが短い。

【いま見たところ】

負けじと私も短く返す。

【ちょっと話せる?】

えっ！　何?　急に?　と思っていると私の返信を待たずに電話がかかってきた。

『！　えっ、はい、何?』

あーー、もっとかわいく愛想よく出られないの?

『うん、悪《わ》りぃ、遅くに。早気って癖になると直り難《にく》いって聞いたから気になって』

『ああっ、うん。そうだね、分かってはいたんだけど……。森川君の言う通り、最近ひどくなってきたみたいで、どうしたら良いんだろうって思ってた』

『分かってたんだ、なら意識をして直さないと。どうするんだ?』

急に『どうするんだ?』と言われても、特に直す方法は見つかってないので答えようがなかった。黙っていると『聞いてる?』と突っ込まれた。

『ああっ、はいはい、聞いてる。うーん、どうしたらいい?』

『うん、帰りの電車で考えたんだけど、やっぱり基本に返って素引きをするのがいいんじゃないかと思って』

えっ?　て思った。帰りの電車の中でずーっと私のことを考えてくれてたの?

『素引きかぁ……。一年生みたいだね』

素引きとは矢をつがえずに、弓を引く動作をすることだ。

『うん、だから学校での練習じゃなくて、家で寝る前とかに回数を決めてやったらと思うんだ。弓を毎日持って帰らないとダメなんだけどね』

弓は七尺三寸、つまり二百二十一センチもの長さがあり、電車の乗り降りなどは気を付けないと周りに迷惑をかける。試合の時などは大勢の部員が弓を持って移動するので、周囲に気を配りながら歩かせるのも副将の仕事だったりする。

『……家で素引きね。面倒くさそうだけど、確かに効果はあるかも』

まるで他人事《ひとごと》のような返事で、我ながら素っ気なさに呆れ返る。

『うん、大変かもね。だからさ俺も付き合うよ、一緒にやろう』

『えっ？　どういうこと』

声がひっくり返ったのが自分でも良く分かった。

『面倒くさいことを沢村にだけさせるのは気が引けるからさ。それに、俺も射形を見直すいい機会だと思って。こうしない？　一ヶ月ぐらい毎日弓を持って帰って、沢村の都合の良い時間になったらＬＩＮＥで連絡をくれよ。そしたら俺も用意しておいて素引きするから。そうだな……三十本でどう？　八節一つひとつを確認しながら引いて、会はしっかり十秒。一本一本を丁寧にやることが大切だから三十本ぐらいで十分だと思うんだ』

『……森川君がそう言うなら、まぁ、やってみてもいいかな』

こうして二人だけの特訓が始まった。

【そろそろ始めます】

私がそう送ると、拓海は決まって【了解】と短く返事をしてくる。拓海のアドバイスに沿って丁寧に三十本引くのに三十分から四十分ぐらいかかる。そして【終わりました】と送ると【よくできました！】というスタンプが返ってくる。こんな短いやり取りだったけど嬉しかった。

ちなみに和弓を打ち起すには三メートル半ぐらいの高さが必要で、我が家では吹き抜けになっている玄関以外に適当な場所はなかった。後で知ったのだが、拓海は家の中では無理で、庭で引いていたらしい。真冬の深夜、相当寒かったに違いない。

こうして二月の春季大会までに私の早気は直った。そしてある晩、素引きを終えた報告をすると、何時もの【よくできました！】スタンプに続けて……、

【もう早気は直ったと思う。なので特訓は今日でおしまい】

というメッセージが届いた。そして、【おつかれさま！】のスタンプ。

こうして二人だけの特訓は唐突に終わってしまった。

何か返信しなきゃと思いながら、毎日同じメッセージのくり返しに過ぎない履歴を何度も読み返した。気が付くとスマホの画面が濡《ぬ》れていた。

やっとの思いで【さんきゅ〜】という、ちょっとふざけたスタンプを返信した。

「ね、大丈夫？」

良子ちゃんの声で気が付いた、また私は涙を零している。本当に今日はどうかしている。

「良子、今日は二階が空いてるから、ゆっくりしてもらったら？」

良子ちゃんは「うん」と短く答えると私の背を優しく押して二階にあがる階段へと誘《いざな》った。

二階は大きな窓があって、柔らかな日差しに包まれていた。右奥には畳が敷かれた小上がりのような場所があり、真ん中の広いスペースには作業台のような物がロの字型に置いてあった。左側の壁は引出しや引き戸が床から天井までびっしりとあって、全体的に学校の美術室のような雰囲気だった。

ふと見ると、左奥に古い大きな机があった。私の視線に気が付いたのだろう、良子ちゃんが言った。

「立派な机でしょう？」

促されて机の所まで行くと、良子ちゃんは前に置かれた椅子を引いてくれた。

「どうぞ」

椅子は革の座面のどっしりとしたもので、机と同じ木が使われているようだ。机に腕を乗せ、手の平で撫《な》でてみる。ざらざらとした質感が心地よい。このまま、突っ伏して泣いたらすっきりするかもしれないと思ったが、良子ちゃんの前でさすがにそれはできなかった。

「じゃあ、ちょっと悪いんだけど、私、一旦お店に戻るね。荷物を置いてお店が混んでなかったら、すぐに帰ってくるから。ね、ちょっとだけ、ここで待ってて」

良子ちゃんはそう言うと、バタバタと階段を降りて行った。無意識なんだろうけど「すぐに帰ってくる」と言っていた。きっと、ここも良子ちゃんにとっては家みたいなものなんだろう。

私は鞄から練習記録ノートを取り出した。一冊目から十冊目まで、拓海は丁寧な字で『弓道部練習記録ノート』と記したクリーム色のラベルを背表紙に貼っていた。どれも几帳面《きちょうめん》な字で、一冊目から十冊目まで並べてみると、寸分の狂いもなく同じ位置に同じ文字が揃《そろ》っている。

どのノートの天面にも付箋が飛び出ていて、そのページには大事なことや、何度も確認しなければならないと拓海が思ったことが書かれている。付箋には見直した日付などが小さな字でびっしり。どのページにも、さまざまな色や太さや大きさで強調された書き込みがあり、その一つひとつに練習での思い出が詰まっている。拓海は同期の前で宣言したように、主将としての一年間、全てを弓道部に捧《ささ》げた。この十冊のノートはその証人のようなものだ。

私は十冊目のノートに拓海が最後に書き込んだページを開いた。日付は日曜日、私たちの引退が決まった日だ。

ノートには男子、女子それぞれの試合結果が記され、続けて選手一人ひとりについて丁寧なコメントがあった。敗退すると三年生の引退が即決定するインターハイの東京都予選は五人立ちで、射手一人につき四射、五人合計二十射の上位八チームが準決勝に進むことになっている。残念なことに男子も女子も準決勝に進むには一本足りなかった。ちなみに団体戦の予選は個人戦の予選も兼ねており、四射皆中《よんしゃかいちゅう》を果たした拓海は通過した。けれど、団体戦の予選敗退が余程ショックだったのか、決勝は四射二中《よんしゃにちゅう》に留まり、入賞は果たせなかった。

けれども、結果の良《よ》し悪《あ》しについては一切触れずに、ノートには選手それぞれが試合前に取り組んだ練習の成果がどの程度出せたのかについて書いてあった。主将として臨み一番悔しい思いをしているはずの拓海が、なんでこんなに冷静でいられるのか不思議だった。

私の射についても記してあり『部の雑務に追われながらも基本に忠実な射形だったと思う。早気も一切でず、落ち着いた射で副将として堂々たるものだったと思います』とあった。

「……本当に、顧問の先生みたい」

思わず独り言が零れた。

ページの最後には次のような言葉があった。

『沢村七海副将へ

一年間、お疲れ様でした。色々と無理ばかりを言って沢村にはいっぱい迷惑をかけました。ごめんなさい。そしてありがとう。本当に感謝しかありません。

残念だけど、公式戦で三位以内に入賞して賞状をもらうことは、一度もできませんでした。けれど、同期からも後輩からも、誰も退部する人がでなかったことは、誇れることだと思います。

これも沢村のおかげです。多分、沢村が副将じゃなかったら、とっくにみんなから愛想を尽かされて、大勢が退部していたと思います。

それにしても副将でなかったら、部活以外にも色々と楽しいことがあったはずだと思うと申し訳ない気持ちでいっぱいです。きっと、他にもやりたかったことがたくさんあったと思います。ずっと振り回してばかりでごめんなさい。

大学受験とかもあって、あんまりのんびりできないけれど、少しでも残りの高校生活を楽しめたらいいね。

最後にもう一度、ありがとう！

主将　森川拓海』

文末の『ありがとう！』は筆ペンだろうか、大きく力強い字だった。何度も読み返すたびに涙が落ちて、ところどころ滲《にじ》んでしまっている。今日もまた、何箇所か滲ませてしまった。

昨日、登校すると下駄箱にこのノートが入れてあった。本当は昨日のうちに私も書き込みをして拓海に戻さなければならないのだが、どうにも気持ちが進まなかった。

結局、道場の書棚に保管してある残りの九冊を持ち出し、全てに目を通したのだが、何を書いたら良いのか分からなかった。

いや、そんなのは嘘《うそ》だ。何を書くかなんて、どうでも良いはずだ。そうじゃなくて、私が返事をしてしまったら、それでこのノートのやり取りが終わってしまうのが嫌なだけだ。……でも、どうしたら良いのかさっぱり分からない。

ふと横を見ると硯ちゃんがお盆をもって立っていた。

「お茶を淹《い》れました。それと豆大福です。よかったらどうぞ」

そう言うと机に茶碗《ちゃわん》や大福の載った小皿を並べた。椅子から立とうとする私を手で制すると、机の上に載せられたノートに視線をやりながら言葉を続けた。

「失礼かもしれませんけど、いかにも高校生って感じですね、キャンパスノート。B5サイズってところが余計にそう感じさせるのかもしれません」

「……ですかね。大人になると使いませんか？　ノート」

硯ちゃんは少し首を傾《かし》げて考え込む。

「メモをとるために使うことはあると思います。けれど最近はスマホだったりタブレットだったりで簡単にあれこれできますので、ノートを使う人はだんだん減っていると思います。まあ、それでもノートにこだわる人は一定数いらっしゃるので、そういった方に向けて特別な洋紙を用いた高級品や、表紙から中紙、それに綴じ方まで自在に選べるオーダー品なども人気があります。当店でもオリジナルノートを作ってますし、オーダーも承っています」

「へぇ、そうなんですか……」

知らなかった。オーダーメードのノートなんかを拓海にプレゼントしたら喜ぶかもしれない。

「オリジナルノートまで作っておいて何なのですが、コクヨのキャンパスシリーズの完成度は相当に高いです。『あの品質でこの値段』という観点で比べると脱帽です。それに、本来ノートとはどんどん書き込んで使い切るものです。ざっとみて十冊ほどですかね？　そうやって使い込んであげるのがノートが一番喜ぶ使い方だと思います」

硯ちゃんが私と拓海の練習記録ノートに注ぐ視線はとても温かで優しい。文房具店を営んでいるのだから当たり前かもしれないけれど、文房具をすごく愛していることが伝わってきた。

「……けど、日曜日の試合で負けてしまって、私たちは引退しました。なので、この練習記録ノートも、もう終わりなんです」

私の前に広げたノートには拓海が記した『ありがとう！』の文字があった。これだけ大きく書いてあったら、立っている硯ちゃんにも読めただろう。

「まあ、何と申し上げてよいやら……。始まりがあるということは、終わりがあるということです。けれども、終わりがあるからこそ、新しいことが始められる訳です。そう考えられてはいかがですか？」

そう言うと硯ちゃんは「とりあえずお茶と大福をどうぞ。すぐ戻ってまいりますので」と言い添えて階下へと降りていった。良子ちゃんといい、硯ちゃんといい、「すぐ帰ってくる」とか「すぐ戻ってくる」と言って階段を駆け下りる人ばかりだ。

ちょっと可笑《おか》しくなって笑ってしまった。十冊目のノートを閉じて、残りの九冊の上に重ね置き、茶碗を手にした。香りのよい緑茶で美味しかった。大福には黒文字が添えてあったが、面倒なので手で摘《つ》まんで半分ほどかじった。ほどよい歯応えの餅と抑えた甘さの餡子《あんこ》が絶妙な豆大福で、こちらも美味しかった。

さっきまで、あんなに泣いていたのに、美味しいもので簡単に気分が解《ほぐ》れるなんて、随分といい加減だなと呆れた。

階段を勢いよく上がってくる靴音に慌ててハンカチで口元を拭う。

「お待たせしました。ぜひ、こちらをお使いください。ああっ、お代は結構です。ご来店いただいた記念に進呈させていただきます」

そう言って硯ちゃんは真新しいキャンパスノートを差し出した。B5サイズのB罫のそれは、拓海と私が練習記録ノートに使っていた物と全く同じ品だった。

「え？　あっ、あの」

硯ちゃんは訳が分からず慌てる私を「まあ、まあ、落ち着いてください」となだめると言葉を続けた。

「事情を把握しておりませんから、まったく見当違いかもしれませんが、そのノートをやり取りしていた彼と、もう少しノートを通じた対話を続けられたいのでは？　と推察したのです」

「……でも」

なんで「でも」なのかは、自分でも良く分からない。硯ちゃんは肯定するでも否定するでもない、小さな頷きで私の呟きを受け止めた。

「表紙と、先ほど広げられていたページの大きな文字しか拝見してませんから、的外れかもしれません。けれど、あの丁寧でありながら伸び伸びとした字を見る限り、拓海君でしたでしょうか？　彼は真っ直《す》ぐで一生懸命な人ではないかと思います。きっと、この一年間、彼は積極的に副将であるあなたにあれこれと提案をし、リードしてきたのではないでしょうか？　けれど、引退によって二人とも主将と副将という立場から解き放たれたはずです。であれば、次は七海ちゃんが彼に提案をしてみても良いと思います」

硯ちゃんは手にしていたキャンパスノートを私の前に置いた。

「右の引出しの真ん中の段を開けてください。そこに油性ペンやボールペン、それに色鉛筆など、あれこれ筆記用具を入れてあります。よろしければご自由にお使いください。普通はレターセットなり、便箋と封筒なり、何か想いを届けるに相応《ふさわ》しい品物を提案するのですが、今の七海ちゃんにとって、キャンパスノート以上の物はないでしょうから」

私は目の前の真っ新なノートの青い表紙を見つめた。

「これ、買わせてください。お気持ちはうれしいんですけど、ちゃんと自分で買った物でないと胸を張って拓海に渡せないと思うんです」

気が付くと、私は立ち上がってそう言っていた。

「よろしいのですか？　しかし……、後で良子に押し売りをしたと叱られそうな気がしますけれども……」

急に硯ちゃんの声が弱々しくなったので笑ってしまった。

「大丈夫！　良子ちゃんには私がちゃんと説明します」

「では、お帰りの時に下で頂戴します」

　硯ちゃんは軽く頭を下げると静かに降りていった。

　一人になると、新品を机の左上にそっと置き、十冊目を手元に引き寄せた。ゆっくりと深呼吸をすると、改めて拓海が記した最後のページを読み直した。鞄から筆箱を出し、使い慣れた水性ボールペンを手に取ると、となりのページにペン先を着けた。

　練習記録ノートの一冊目から順にふり返りながら、部の運営のあれこれについて思いつくままに私の気持ちを書き続けた。あれも、これも、それも……、日曜日以外はずーっと練習ばかり。日曜日も練習試合や公式戦で、何にも予定のない日は一年間で十日も無い。私はずっと拓海と一緒だった。

　嬉しかったこと、悲しかったこと、悔しかったこと……、色々あったのに、不器用な私は自分の気持ちを一度も口にしたことはなかった。

　そんな私に拓海がこんなことを言ってくれたことがある。あれは練習試合でボロ負けした日の帰り道だった。

『今日も散々な結果だったけど……。なんで俺、頑張れるんだろう？　きっと七海が一緒に頑張ってくれるからだと思うんだよね』

一瞬、聞き間違いかと思った。何時もは『沢村』と苗字《みようじ》を呼び捨てにするのに、その時は『七海』と呼んでくれた。

あまりに突然だったこともあって、聞き流したふりをして返事をしなかった。

『拓海が頑張ってるから、私も頑張ってるだけだよ』

そう素直に言えたら良かった。それが三年間で一番後悔していることだった。

気が付けば見開きで十ページを超えていた。ふと外を見ると大きく日が傾き、もう夕方から夜になろうとしていた。私は深呼吸をひとつした。

『森川拓海主将へ
一年間お疲れ様でした。試合で結果は出なかったけど、弓道部をより良くするために主将が頑張ってきたことは、みんな良く分かっていると思います。だから厳しいことを言ったり、年次にこだわらない選手起用をしても、みんなはついて行ったのだと思います。
もう戻ることはできないけれど、主将と並んで弓を引いていた毎日が恋しいです。
もっと、もっと、時間があれば、きっと結果はでたと思います。来年、再来年、もしかしたら、もっと先の後輩たちかもしれないけれど、いつかきっと。

なので私たちの主将として胸を張ってください。

あなた以外に私たちの主将を務められた人は絶対にいません。

主将から弓道部を取り上げてしまったら、張り合いをなくして風邪でもひいてしまうのではと心配です。はやく次の何かが見つかると良いですね。

引っ込み思案で人見知りな私が、弓道部なんていう厳しい部に入って三年まで辞めずに頑張り、その上、曲がりなりにも一年間副将を務められたのが不思議です。全部、全部、森川君のお陰です。ありがとうございました。

副将　沢村七海』

ここまで一気に書き上げると、筆箱から小さな黄色の付箋を取り出し、『もう一冊のノートに続く！』と書いてページの一番下に貼った。

そして真新しいキャンパスノートの一ページ目を開き、三年前の学校説明会で初めて会った時から、ずっと好きだったことを正直に書いた。

不思議と好きだと書いてしまうと、度胸がついたのか『つきあってください』とすんなり書くことができた。きっとキャンパスノートが応援してくれたんだ。

そして次のように書き添えた。

『もし、私の想いに応えてくれるなら、このノートにタイトルをつけて戻してください。そう、練習記録ノートを始めた時のように。

そして、苗字は省略して拓海という下の名前だけを書いてください。

三年間、ずっと〝拓海〟と呼んでみたかった。主将の森川君と副将の沢村から、ただの拓海と七海になりたいです』

「ごめーん、遅くなってもうた！　許してたも〜」

新しいノートを閉じると同時に良子ちゃんが階段を駆けあがってきた。ふとスマホを見ると六時を過ぎていた。

「けどね！　瑠美も合流するから、夕飯はうちの店で何か食べて帰ろうだって」

「えっ？　母さんに連絡したんですか？」

「うん、駄目だった？　だって遅くまで引き留めちゃってるでしょう。それに久しぶりに硯ちゃんにも会わせたくなって」

私は慌てて十一冊のノートを鞄に仕舞った。

「あの……」

「分かってるってば！」

良子ちゃんはそう言って笑った。その後ろに立っていた硯ちゃんも深く頷いた。

＊　＊　＊　＊

季節外れの低い気温に銀座の路地を行く人の足取りもせわしない。そんな中、バスケットと魔法瓶を抱えた良子が揺れる柳の下を足早に通り過ぎ『四宝堂』へと入って行った。その後に続く影が二つ。

「ごめーん、またまた遅れてしまって」

入るなり良子はそう叫んだ。

「あのさぁ、嫌味は言いたくないけど、ここと『ほゝづゑ』とは五分ほどの距離だよ。なのに毎回遅れるって、どういうこと？　確信犯だろ」

四宝堂店主の宝田　硯は呆れた声をあげる。

「ごめんなさい硯ちゃん、私たちが原因なの。だから良子ちゃんを責めないで」

良子に続いて四宝堂に入った七海がそう言った。

「ああっ、七海ちゃん、いらっしゃいませ。一ヶ月ぶりですかね。えっ！」

言いかけて硯が絶句した。

「こっ、こんにちは……」

制服姿も凛々しい少年が口ごもりながらも礼儀正しく頭を下げた。

「森川拓海君です。よろしくね」

七海が顔を真っ赤にした。

「ああっ、いっ、いらっしゃいませ。四宝堂店主の宝田　硯です。どうぞ、ご贔屓《ひいき》に」

三人がぎこちない挨拶を交わす横で良子が出前のサンドイッチを広げた。

「さっ、お待たせしました」

良子が硯に声をかけると、七海が言葉を重ねた。

「硯ちゃんお待たせ、とりあえず食べて。私は拓海とお店の中を見てるから」

そう言うと「ねえ、キャンパスノートってたくさん種類があるんだよ！　こっちこっち」と拓海の手を取ってノート売り場へと消えていった。

「……良かったよね」

二人の背中を見送る良子の口調はしみじみとしていた。

「瑠美に七海ちゃん、親子二代に渡ってキューピッドって、随分と面倒見が良いね」

サンドイッチをかじりながら硯が言った。

「まあ、ねえ……」

「けどさぁ、人の世話ばかり焼いてる場合じゃあ、ないんじゃない？」

良子は大きく溜息をつくと首を振りながら「そう、ねぇ……」と零した。

東京は銀座の片隅にある文房具店『四宝堂』。二組の男女のやり取りをそっと包み込む穏やかな空気が流れていた。

絵葉書

「父さん、大丈夫？」

娘が心配そうに私の顔を覗《のぞ》き込む。無理もない、さっきトイレで鏡を見たが、酷《ひど》く青白かった。

「ああっ、うん。大丈夫だ」

私は立ち上がると、大きな溜息《ためいき》をひとつ零《こぼ》した。

「すまん、やっぱり今夜の通夜は遠慮しとく。ちょっと落ち着いて考えないと」

私は棺桶《かんおけ》に収まったカミさんに「またね。また、明日」と声をかけた。

「ねぇ、本当に大丈夫？　あんまり無理しなくていいからね、弔辞なんて普通でいいのよ。頑張りすぎて父さんまで調子を崩したら困るのは私たちなんだから」

「まとめて片付いてちょうどいいじゃないか」

呆《あき》れたといった溜息を零して娘は小さく首をふった。

「蘭《らん》ちゃんとジャスミンに叱られるわ。とにかく、無理して寝込むなんてことにならないようにしてね。親族と親しい友達ぐらいにしか声をかけてない、こぢんまりとしたお葬式なんだから」

「なんだ、母さんの仕事関係の人たちには案内しないのか？」

「うん、母さんが『もう引退して十年以上経《た》つから、呼ばなくていいわ』って。それこそ、大きな斎場を借りて会社と合同葬なんてことになったら大変じゃない。私たちに負担をかけたくないって」

「母さんらしいな……」

　また溜息が零れた。最後の最後まで、まわりに気を遣ってばかりで……、なんでもっと自分のしたいようにしないのだろうと思った。

「それに、そんな立派なお葬式にしちゃったら、離婚した父さんが弔辞を読むなんて無理でしょ？　母さんの一番の希望だったから、父さんに弔辞を読んでもらうことがね」

「おかしな話だけれど、それが唯一、私に残された遺言なら仕方ない。けど、お前たちは私でいいと思ってるのか？」

「うん。今どきはね、弔辞なんて略すことが多いのよ。弔電を何通か司会の人に読んでもらって終わりっていうのが普通なの。だから、母さんの希望を捻《ね》じ曲げてまで、父さん以外の誰かに読んでもらうつもりはないわ」

「……そうか」

できれば娘たちが反対してくれればと邪《よこしま》な考えが過《よぎ》っていた。けれども、もう観念した方が良さそうだ。

私は小さく咳をすると戸口に向かった。娘が後に着いてきながら念押しをした。

「なるべく今日はゆっくりして、早めに寝てちょうだい。明日の告別式は十時からだけど、父さんは九時ぐらいには来てね」

「ああ、分かった」

葬儀会館で呼んでもらったタクシーに乗り込むと私は最寄の駅名を告げた。運転手は若い男性だった。一瞬、乱暴な運転だったら嫌だなと思ったが、意外にも丁寧で静かに車を走らせるタイプだった。ほっと小さく息を吐き、シートに深く身を埋《うず》める。

走り出した車の窓から空を見ると、青く澄み渡り雲一つない。「カミさんが死んじまったっていうのに見事なまでの日本晴れか……」と小さく独り言を零した。土砂降りとまでは言わないが、しとしとと秋雨ぐらい降ってくれても良いのになと思う。

ふと思い付き、私は運転手に言った。

「すみません、銀座に向かってもらえませんか？」

運転手は「えっ、はい。かしこまりました。ちょっとナビを入れますので」と答えて車を路肩に寄せるとカーナビの画面を操作しだした。私もスマホを取り出すと登録先のひとつを呼び出して電話した。

四十分ぐらいかかっただろうか。多分、東京の道に慣れた運転手なら三十分とかからずに着いただろう。けれども、今日の私には彼の丁寧な運転がちょうど良かった。

「お支払いはどうされます？」

私は財布から取り出した一万円札で支払った。

「釣りはとっておいてください」

若い運転手は驚いた様子で「多すぎます」と慌てた。

「いいんだ、とっておいてください」

恐縮する運転手を残して私は柳並木の歩道に降り立った。戸口で待ち構えていたのだろう、すぐに文房具店『四宝堂《しほうどう》』の店主、硯《けん》ちゃんが出てきた。

「ああ、硯ちゃん。急に悪いね」

「いえいえ、いらっしゃいませ」

硯ちゃんと会うのは一ヶ月ぶりだろうか。この前会ったのは、毎年お願いしている年賀状の打ち合わせだった。けれども、それもどうするか考えなければならない。毎年十一月の中ごろには刷り上がった年賀状を受け取り、一枚一枚に手書きでちょっとした挨拶を書き添えることを習慣にしている。しかし今年はどうしたものか……。別れて何十年も経つとはいえ、元妻が逝去したのに呑気《のんき》な年賀状など出して良い物か。

硯ちゃんが開けてくれたガラス戸をくぐって店内へ入る。いつもなら、まずは一階の売り場をぶらぶらとして、季節の絵葉書や新製品の筆記用具などを眺めるのだが、さすがに今日はそんな気分になれない。

戸を閉めると硯ちゃんは私に向き直り深々と頭をさげた。

「この度はご愁傷さまです。心よりお悔やみ申し上げます」

「……ありがとう。いや、なんか、参るね。そんな言葉をかけられると」

「すっ、すみません」

硯ちゃんは慌ててまた頭をさげた。

「いやいや、私が柄にもなく狼狽《うろた》えてるだけで、硯ちゃんが謝ることはないさ」

そう言うと私は店の奥へと足を進めた。

「とりあえず二階に上がらせてもらっていいかい？」

普段なら半世紀以上贔屓《ひいき》にしている馴染《なじ》み客の特権とばかりに、二階へは勝手に上がるのだが、急に来たこともあって今日は何となくちゃんと断りを入れなければならないような気がした。

「もちろんです。今日はワークショップは入ってませんから、二階は貸し切りです」

「それは、ありがたい。もっとも、ここの二階を使って教室を開いている先生方は美人が多いからな。会えないのはちょっと残念」

無理をして軽口を叩《たた》く。しかし、何時《いつ》もの調子とは違うからか、硯ちゃんの表情は硬いままだ。私は小さく首を振ると二階への階段を上り始めた。

いつものことだが途中の踊り場で立ち止まり、売り場を眺める。無意識のうちに「ここは何時も通りだな。……良かった」と言葉が零れた。

「良かったって、何がです？」

硯ちゃんが私が漏らした言葉を拾う。

「えっ、いや、何、大したことじゃないんだ。何て言うのかな、店の雰囲気がいつも通りだなって。それが分かって、ちょっとほっとしたと言うか……。普段、何気なく、ここはこうなっている、この人はこうしているって勝手に決めつけているけど、そんなことはないんだってことを改めて感じてるだけなんだ、俺が勝手にね」

「はぁ……」

そう、今の私にとって、何も変わらないことが何よりもありがたいのだ。

踊り場の隅に置いてある椅子に腰を下ろし、横に置かれたコーヒーテーブルに視線を振った。テーブルには一輪挿しがあり、深紅の薔薇《ばら》を活けてある。今朝活けたばかりのようで花びらの一枚一枚が凛《りん》としている。

私は薔薇の花びらに指先で軽く触れると小さく頷《うなず》く。

「本当はここでお茶を飲みながらぼんやりと窓越しに街並みを眺めていたいところだが、今日はそうもいかないな。なんせ弔辞なんていう面倒なものを書かなきゃあならない」

硯ちゃんは黙ったまま小さく頷いた。

二階はブラインドが上げてあり周囲のビル越しの日差しが差し込んで燦々《さんさん》と明るい。右奥には四畳半ほどの小上がりのような畳敷きがある。その反対側、左の隅の窓際に、この店の主と言ってよい古い机が置いてある。

まっすぐに机に近づくと、硬めのクッションの椅子に腰を下ろした。後について来た硯ちゃんは左側の壁際に床から天井まで設《しつら》えられた引出しのひとつを開き、中から文箱《ふばこ》をひとつ取り出した。その文箱は私がこの店に預けているものだ。

「電話をもらってからすぐにインクの調子を確認しておきました。問題ないと思います。便箋は普段お使いのもので良いですか？」

文箱を机の上に置きながら硯ちゃんがそう尋ねてきた。

「うん、筆耕してくれる人が読めればいいんでしょ？」

「はい、相手はプロですから、何でも大丈夫です」

「そう、じゃあ、いつもの使い慣れたもので十分だね」

「はい。もっとも、最近は手書きの原稿を渡す人も珍しいと思いますけど……。良かったら僕がワードで作りますよ。もちろん、内容は正《しょう》ちゃんにお話しいただかないとダメですけど」

「……そう、だね。正直に言うと、自分一人で書く自信は無かったんだ。だから硯ちゃんに手伝ってもらえるなら、ありがたい。けど、お店はどうする？」

「大丈夫です、さっき良子《りょうこ》を呼びました。今日の『ほゝづゑ』は暇みたいで、出前のついでに夕方まで店番を手伝ってくれることになってます。もう少ししたら、珈琲《コーヒー》をもって来るはずです」

硯ちゃんは文箱を机の隅に動かすと、壁際に戻り、別の引出しからパソコンとマウスを取り出した。続けて作業台の一つのストッパーを外すと、私の近くに寄せた。そして作業台を挟んで向かい合うようにして座るとパソコンの電源を入れ、私の顔を見ながら頷いた。

「じゃあ、お願いします」

私は姿勢を正し、左手を机の天面に添え、ざらっとした木目の表情を感じるように指先で軽く撫《な》でる。

「……うーん」

何から話そう、そう思っているうちに、私の口は勝手にカミさんとの馴《な》れ初《そ》めを語りだしていた。


カミさんに出会ったのはシンガポールだった。会社勤めで貯《た》めた金と人脈で小さな貿易会社を興して間もないころで、私は三十歳だった。

カミさんは私が宿泊していたホテルの売店で働いていた。流暢《りゅうちょう》な英語とマレー語、それにマンダリンを話すので、最初はシンガポール人だと思っていた。丸顔で笑った感じが可愛《かわい》らしい娘だった。

そのころ、まだ海外旅行が一般的でなかったこともあって、出張先から取引先へ絵葉書を送ると、とても喜ばれた。だから、毎日のように売店で絵葉書を買っていた。

あんまり毎日絵葉書ばかりを買うので、変な人だと思っていたらしい。

ある時、カミさんが絵葉書を紙袋に包みながらこう言った。『こんなにたくさん、誰に送るんですか？』と。急に日本語で言われたから驚いた。

『君、日本語ができるのかい？』

彼女の質問に答えずに私は質問で返した。カミさんは悪戯《いたずら》がバレた子のような照れた笑いをこらえながら小さく頷いた。

『だって、私の母は日本人だもの』

『……へぇ、そう』

『で、誰に送るんですか？　毎日五枚も六枚も買って。方々の女性に送ってるんでしょ？　悪い人ですね』

カミさんは私の目をじっと見つめてそう言った。その瞬間、あっダメだこれは、と思った。俺はこの娘に惚《ほ》れちまうと。

『何を言ってるんだい。これはね、日本の取引先に送るんだ。シンガポールで頑張ってます！　っていう報告を兼ねてね。何ヶ月も社長が日本を留守にしていて、あの会社は大丈夫か？　って心配してるだろうから、ちゃんと働いてますっていう証拠を兼ねて送る訳さ』

『だから、いかにもシンガポールっぽい絵葉書がいいんだ』

『うん、そう。これにシンガポールの切手を貼って郵便局に持ち込めば、消印もちゃんと押してもらえるだろ？　葉書だったら。これほど立派で、しかも格安な証拠は無いからね』

『ふーん、そういうことかぁ……。あっ、あれ？　あなた自分のことを社長って言った？』

ふと気付いたようにカミさんが言った。随分と不躾《ぶしつけ》な質問なんだけれど、不思議と腹は立たなかった。それに三十歳を過ぎたばかりで童顔の私には貫禄《かんろく》が全くなく、日本でもなかなか社長扱いされていなかったので無理もない。

『うん、まぁ、ね……。俺を含めて社員全員でやっと野球チームになる程度の小さな貿易会社なんだけどね』

私はポケットから名刺を取り出して彼女に一枚渡した。表面には縦書きの日本語で『大橋商事株式会社　代表取締役社長　湊川正太郎《みなとがわしょうたろう》』と書いてあり、裏面には英語で同じ内容を記してある。

『へぇ、立派な名刺。日本は戦争に負けてしまって大変な目に遭《あ》ったって聞いてましたけど、若い社長さんがこんな立派な名刺を持ち歩けるまでになったんですね』

『まあ、ね。かなり無理をして東京の銀座っていう日本一の繁華街の老舗《しにせ》文房具店に作ってもらってるんだ。君の言う通り俺は若いから、社長と言ってもなかなか信用してもらえないからね。相手に渡すものは張り込まないと』

『あれ？　でも大橋商事なんですね会社の名前。湊川さんなのに』

『うん、世の中の大きな架け橋になりたいって想《おも》いを込めて大橋商事って名前にしたんだ。こうやって君みたいに気づいてくれる人も中にはいるし、変わった奴《やつ》だと覚えてもらえたりするんだ。単純に自分の苗字《みょうじ》を掲げなくて正解だったと思うよ』

『へーえ、色々と考えてるんですね』

そう言うとカミさんは渡したばかりの名刺を私に返した。

『もったいないからお返しします。一枚だって無駄にする訳にはいかないでしょう？　私は湊川さんのお名前が分かれば十分です』

『なんか格好悪いな……。はやく立派な会社にして、名刺ぐらい遠慮せずに受け取ってもらえるようにするよ』

私はそう言ってカミさんから名刺を返してもらった。彼女は手元にあったメモに自分の名前を記し、続けて電話番号を書き添えた。

『藤子《ふじこ》って呼んでください。日系の人はみんなそう呼んでるから』

『藤子ちゃんか、じゃあ俺のことは正ちゃんで頼むよ。この電話番号は君の家のかい？』

カミさんは小さく眉間《みけん》にしわを寄せて首を振った。

『このお店の番号よ。家に男の人が電話をかけてくると父が大騒ぎするから。何かあったら、ここにかけてちょうだい』

ちょうどそこに他の客がやって来て、彼女は英語で応対し始めた。実にきれいなクイーンズイングリッシュで、アメリカ訛《なま》りの強いブロークンな私の英語とは雲泥の差だった。店を出て行く私にカミさんはちらっとウィンクをして寄越《よこ》した。それ以来、私は彼女に夢中になった。

次の日も、私は売店に行った。何と言っても絵葉書を買うという理由がある訳で通いやすい。私が入って行くと、彼女は最初から日本語で『おはよう』とか『こんにちは』と挨拶してくれた。他の客には英語で声をかける訳だから特別扱いをしてもらっているようで気分が良かった。

名刺のやり取りがあってから三日ほどして、私は朝一番にカミさんの店に顔を出し、夕飯に誘った。

『嬉《うれ》しいけど、門限があって……。それに夕食は家族みんなが揃《そろ》って摂《と》る決まりなの。

どうしても友達と食事をしたいなら、自宅にご招待するようにって言われてるわ。恥ずかしいけど、男性とレストランでご一緒したことはないの。せいぜいハイスクール時代にカフェでランチを食べたぐらい』

　随分と厳しい家の箱入り娘なんだなと、その時は思った。

『じゃあ、こうしない？　お昼休憩に一緒にランチをしようよ』

『私のお昼休みは、けっこうバラバラなのよ。大丈夫？』

『大丈夫さ、何と言っても俺は社長なんだ』

　見栄を張った訳だが、一人で出張に来ている訳で、商談のアポを調整すれば、なんとでもなった。

　こうして彼女の休憩時間に合わせて昼食を一緒に摂るような仲になった。ちょっとずつカミさんのことを知り、私のことも知ってもらうようになったけれど、いかんせん昼休みは六十分しかない。ゆっくりと話ができるのは、長くてもせいぜい三十分ぐらいだ。何時も話が盛り上がったころで時間切れになるのがもどかしく、次の日が待ち遠しかった。

　なんとなく二人の距離が縮まって、藤子ちゃん、正ちゃんと呼び合うのに違和感を覚えなくなったころに、予定していた出張も終わりに近づいてきた。明日には日本に向けて旅立たなければならないという日、私はカミさんに言った。

『日本に帰らないと。明日の便でここを発《た》つよ』

カミさんは目元に憂いを残しながらも目一杯に笑顔を作った。

『一ヶ月も滞在するなんて長い出張ねと思ったけど、終わってみればあっと言う間ね。お仕事は上手《うま》くいったの？』

『うん、お陰様でね。予定していた商談はすべてまとめることができたよ。日本に戻ったら、契約に基づいて品物を送り出したりしないと。それに日本国内の商談も留守番の社員に任せっぱなしだったから、そっちの面倒もみないと。ここにいる間は君とゆっくりランチを摂れたけど、日本に帰ったら蕎麦《そば》を五分でかき込むような毎日になるだろうね』

『本当はこっちでもランチを摂る時間なんかなかったんでしょ？　無理をさせてごめんなさい。けど、楽しかった。ありがとう』

私はカミさんの手を握った。

『何を言ってるんだ、無理矢理誘ったのは俺なんだ。礼を言うのはこっちの方さ、ありがとう。何か御礼をしたいんだけど、何か欲しいものはない？　三ヶ月ぐらいしたら、また、こっちに来る予定なんだ。その時に持ってくるよ』

カミさんは私が握った手に反対の手を被《かぶ》せて言った。

『……何も、何もいらないわ。元気でいてくれたら、それでいい』

てっきり化粧品か、家電でもねだられるものと思っていたので拍子抜けした。

『本当に何にもいらないのかい？』

『うん、正ちゃんが元気な姿で三ヶ月後にまた来てくれれば、それでいい』

ガッガッとした言わばハングリー精神だけで会社を興すところまで来た私にとって、彼女の言葉は新鮮だった。これには参った、心底惚れてしまった。

二の句を継げず、黙ったまま手を握っている私の手をポンと軽く叩くと、カミさんは深く頷いた。

『そうだ！　いいことを思いついた。ね、じゃあ、ひとつおねだりしてもいい？』

『うん、なんでも言ってくれよ！』

私の目をじーっと見つめてカミさんは言った。

『あのね、絵葉書を送ってちょうだい。毎日とは言わないけど、そうね、毎週一枚は欲しいかな。三ヶ月だったら十二枚？　ぐらいでしょ。正ちゃんは日本でも、あちこちに出張するって言ってたじゃない。東京だけでも、色んな絵葉書があるだろうし、大阪とか京都、それに北海道とか九州だったかしら？　あなたが話してくれた所を私は見たことがないから。送ってくれると嬉しいな』
そう言って手帳の一ページを切り取って住所を書いてくれた。
『うん、分かった。きれいな絵柄を選んで送るよ、必ず』
その時、初めてカミさんとキスをした。そよそよと心地の良い風に吹かれながら。

「良い話ですけど、ちょっと脚色してません？」

硯ちゃんがそう言ってキーボードを叩いていた手を止めた。

「これっぽっちも。そんなシナリオを作る才能があったら、あくせくとあっちに行ったり、こっちに行ったりするような貿易商なんてやらないで、映画会社でも作ったよ。とにかく、そのころは初心《うぶ》だったから彼女の気を引くのに必死だったよ」

「へぇ、正ちゃんの素行を知る僕としては、にわかには信じがたいですけどね。そういえば、話に出てきた名刺って、うちで作っていたものですか？」

「うん、そうだよ。会社の規模が大きくなって、全社員分を請け負いきれないって硯ちゃんのお祖父《じい》さん、硯水《けんすい》さんが申し入れてきて注文は止《や》めてしまったけどね。たしか三百人を超えたころかな、社員数が。良い紙に活版で印字した立派な名刺で、どこで出しても、みんな『おっ！』って顔をしてくれた。随分と助けてもらったよ、硯水さんの名刺にね」

「もう自分の店で印刷をしなくなって随分と経ちますが、地下には活版印刷機と活字が残ってます。いつかメンテナンスをして小規模ながらでも名刺の自社生産を再開したいと思ってるんですけどね……」

顎に手をやりながら硯ちゃんは小さく頷いた。

「ぜひ、そうして欲しいね。楽しみにしてる」

「で、約束通りに絵葉書は送ったんですか？」

「もちろん」


そう、日本への帰国便でも途中に立ち寄ったホーチミンやマカオ、香港《ホンコン》から一通ずつ送り、横浜に着くなり、また一通送った。三日坊主という言葉があるくらいで、四回まで続けられれば習慣にするのは簡単で、日本に帰ってからも昼間の出先で絵葉書を買い求めて、寝る前に日記みたいに、その日にあったことを書き添えるのが日課になった。

それまでは酔い潰れるまで飲むような毎日だったが、カミさんに絵葉書を書かなければと思うと、自然と飲むペースも落ち着いて羽目を外すこともなくなった。今になって思うけど、独身時代に肝臓を壊さないで済んだのは、この絵葉書を書く習慣があったお陰だと思う。

そのころ、大阪や京都、奈良といった関西方面への出張が多く、絵葉書も大阪城や金閣寺、東大寺の大仏といった観光客向けのものが多かった。いかにも観光土産で垢《あか》抜けてないけれど、日本を見たことがないカミさんは喜ぶかもしれないと思った。それにしても、仏さんの写真の裏に『愛してる』だの『今すぐにでも君に会いたい』なんてことを書いて、よく罰が当たらなかったものだ。

それに北海道や九州、四国などからも結構な数を送った。もちろん東京も浅草の雷門や皇居二重橋など、主だった名所の絵葉書はほとんど送った。

そんなこんなで、三ヶ月はあっと言う間に過ぎた。日本を発つ半月ほど前には便を確定させて、シンガポールへの入国予定日を書き添えた葉書を出すようにした。

数日の旅を終えて船を降りてみると、入国審査場の向こうにカミさんが立っていた。その時の気持ちは、なんとも言い表し難い。

港は大勢の人でごった返していたが、周囲の人波が私の視界から全て消えて、彼女だけが目に入った。私は見本やら契約書やら、大切な品物が詰まったトランクを放り出して駆けだした。カミさんも駆けて来て、私の胸に飛び込んだ。二人で抱き合って、そのまましばらく動けなかった。

その出張には二人の部下を同行させていたけれど、そんな現場を目撃されてしまった訳で、しばらく冷やかされて大変だった。『まるで映画のワンシーンかと思いました』と。

その晩、私とカミさんは初めて夕食を共にし、そのまま朝まで一緒だった。

「うーん、なんか、部下の人の気持ちが分かりますね。本当に映画みたい」

硯ちゃんが呆れた顔をして首を振った。

「まあ、そうかな……。ここら辺でそんな顔をされちゃうと、続きが話し辛《づら》いな」

私が頭をかきながら照れると硯ちゃんは失笑を漏らし「さっ、その先を聞かせてください」と促した。


二回目のシンガポール出張も順調に商談は進み、明日には日本に戻るというある日、いつものランチデートをしているとカミさんが言った。

『ねえ、今晩は私の家に来て。夕食にお招きするようにって父に言われてるの』

その日の夕方、仕事を早々に切り上げるとシャワーを入念に浴び、一番良い背広に袖を通して、ホテルのロビーに足を向けた。何か手土産をと思ったけど、相手の方の嗜好《しこう》が分からないのに下手な物を持って行くのも失礼かと考えて止めておいた。結果として、この判断は間違ってなかった。

約束の時間の少し前にロビーへと降りて行くと、カミさんは普段と別人のようなシックな装いで待っていた。私は階段の途中で立ち止まり、カミさんをぼーっと眺めていた。しばらく、こうやって見つめていたいと思うほどきれいだった。そんな私の視線に気づいたのか、彼女は手を振った。

『やあ、お待たせ。今晩は一段ときれいだね。近づくのが恐れ多いほどだよ』

『嫌ねぇ。見え透いたお世辞は結構よ』

カミさんは笑いながら私の背広のボタンホールに真っ赤な薔薇の花を挿した。

『なんだい？　これは』

『あら知らないの？　どうせディナージャケットなんて持って来てないでしょ？　お仕事用の背広でも、こうやって花を挿せば華やいで見えるわ。さ、行きましょう』

彼女は私の腕を取るとホテルを出た。車寄せには大きな車が横づけされていて、制服に身を包んだ運転手がドアを開けて待っていた。

『この車はどうしたんだい？』

『父の車よ。送迎にって貸してくれたの』

私を先に乗せると、カミさんは隣に乗り込み『だして』と英語で言った。

車は海岸沿いの道をゆったりと走った。

『少し早いから遠回りして夕日の沈む海の見える道で行こうと思って』

運転手がマレー語で何か言って笑った。彼女が真っ赤な顔になって何かを言い返した。二人とも、かなり早口だったので私には聞き取れなかった。

『ジミーったら、「きれいな夕日に免じて、手を握るぐらいは大目に見ますよ。旦那様には黙ってます」だって。まったくからかってるんだから』

初老の運転手はニコニコしながら運転をしていた。

『ジミーは私が生まれる前からパパのドライバーをしてくれてるの。一度も事故を起こしたことがないし、戦争中にパパが危ない目に遭いそうな時にも守ってくれた。私たち家族にとって大切な人なの。そのジミーがあなたは合格ですって』

きっとカチコチに緊張している私を気遣ってのことなのだろう。少しだけれども、肩の力が抜けた。

ほどなくして海岸線から山手に道を逸《そ》れた。途中で道路わきに大きな石碑のような門柱があったが、それを過ぎてからは対向車が一切なくなった。

『ぜんぜん車が走ってないね……』

街灯一本なく、日が落ちて真っ暗になった道が少し怖かった。

『あら、だって、ここはうちの土地だから。途中で門柱の名残があったでしょ？　戦争の爆撃で門扉が無くなっちゃって。近所の人が通りやすくなったからってパパは直すつもりがないみたい。どうぞ、ご自由にお通りくださいって』

呆気《あっけ》にとられるとは、こういうことなんだと思った。そのまま静かな森の中を抜けると、ふっと前が開けてコロニアル様式の建物が目に飛び込んできた。外壁は真っ白で宙に浮いているように見えた。

車寄せにはモーニングに身を包んだ執事が立っていて、白い手袋で車のドアを開けてくれた。両開きの大きな戸を抜けて中に入ると、そこは映画のセットかと思うような立派な邸宅だった。

恥ずかしい話だけれど、その時までカミさんがシンガポールで最も成功している財界人である陳《ちん》さんの娘だということを全く知らなかった。

陳さんはディナージャケットで私を出迎えて、ゆうに二十人は着席できる立派なテーブルが設えられたダイニングルームでフルディナーをご馳走《ちそう》してくれた。会話は全て英語で、主に美術や音楽、演劇などの話が多く、そのころの私はまったく着いて行けなかった。

食事が終わると、陳さんは私を書斎に誘った。心配そうな顔をしているカミさんに軽くウィンクをして後に着いて行った。書斎に入ると葉巻を勧められ、続けてウィスキーのロックグラスを渡された。

『で、娘とは、どれぐらいの付き合いなのかね』

二人で椅子に落ち着くと、陳さんは率直に切り出した。

『四ヶ月ほど前に知り合いました。僕は東京で小さな貿易会社を経営していて、こちらには商用で来ました。まだ手紙のやり取りを少しとお昼をご一緒する程度で、ご心配されるような関係にはたどり着いてません』

さすがに本当のことは言えなかった。私は名刺を取り出すと陳さんに渡した。

『大橋商事か……。失礼だが初めて聞いた』

無理もない。相手は大企業の取締役支社長でもアポが取れないような大物で、創業から数年の零細貿易商なんか知らなくて当たり前だ。

私は父と母を戦争で亡くし、ヤミ物資の横流しの手伝いで仕事を覚え、稼いだ金で大学を卒業し、大手商社で修業をして数年前に独立したことを話した。シンガポールには今回が二度目の滞在で、明日の便で日本に戻ることも正直に告げた。

陳さんは話を遮ることなく黙って聞いていた。私が一通り話し終えると、じっと私の顔をみて深く頷いた。

『君はきっと商売で成功するだろう。直感のようなものだけど、私の勘が外れたことはほとんどない。代わりに仕事熱心が祟《たた》って、穏やかな家庭は築けないだろう。偏見かもしれないけれど、君は早くに御両親を亡くされた訳で、不幸にも家族というものを知らない。つまり父親とは何か、母親とは何かを知らずに育ってしまった。そんな君と藤子とでは、家庭に求めるものも違うはずだ。すまんが藤子とは友人のままでいてくれ。ハッキリ言うと、もう会わないで欲しい』

返す言葉がなかった。二十代のころ、それなりに異性との付き合いも経験したけれど、陳さんが言う通り、私は何時も仕事を優先してきた。そんなこともあって、結婚にまで至ることは一度もなかった。

『彼女の気持ちはどうでも良いのですか?』

苦し紛れにそう尋ねると陳さんは小さく首を振った。

『大概の我がままは聞いてやっているつもりだ。学校に行きたいと言えば通わせ、勤めてみたいと言えばそれも許し、我が一族とは何の縁《ゆかり》もない所で働くことにも目を瞑《つむ》った。しかし異性との付き合いには、その先に結婚がある。陳家の一員として相応しい相手を選んでもらわなければならない。申し訳ないが、君は立派なビジネスマンになる可能性を秘めてはいるが、まだ娘を与えるほどの成功は収めていない。もっとも、君が婿入りするのであれば別だがね。その場合は、君の会社は清算し、シンガポールに骨を埋める覚悟で来てもらいたい』

そう言うと、話は終わったとばかりに立ち上がり、窓ぎわに置いてあった蓄音機の針を落とした。ほどなくして抑えた音量でピアノソナタが部屋に流れた。私は深々と頭を下げて部屋を後にした。

廊下にでるとカミさんが待っていた。驚いたことにディナーの時のドレスから、旅にでも出るようなカジュアルな格好に着換えていた。

二人で手をつないで建屋の外に出るとジミーが待っていた。彼も制服からラフなシャツとジーンズに着換えていて、車も来た時に乗せてくれた高級車ではなく、古いシボレーだった。促されるままにジミーの車に乗り込むと、カミさんは私の耳元に口を寄せて囁《ささや》いた。

『私を連れて逃げて。あなたと一緒に日本に行くわ』

驚きの声を漏らしそうになった私の口をカミさんはキスで塞いだ。ジミーが口笛を吹き、わざとらしくハンドルを揺すった。

『ジミーがね、厚意で自分の車を出してくれたの。駆け落ちに父の車を使うのは、やっぱりちょっと気が引けるでしょ？』

真っ暗な私道を抜け、海岸線にたどり着くと、空には月が白く輝いていた。

月を見ながらジミーが何かを呟《つぶや》いた。

『ジミーがね「旦那様はさておき、お月様は二人を祝福してるよ」ですって』


日本への帰路は奮発して一等客室にした。後で知ったのだが、陳家はカミさんの家出で大騒ぎだったようだ。もっとも陳さんは泰然としていて『放っておきなさい』と相手にしなかったそうだ。何時かは帰ってくると信じていたのかもしれない。

一等客室の旅は本当に優雅で楽しかった。今になって思えばカミさん孝行は、それが最初で最後になってしまった。まだ高級客船による旅を楽しむ文化が欧州を中心に残っていたころで、夕食には必ずディナージャケットを着用しなければならない本格的なものだった。船内にテーラーまであって、私もその時に初めてディナージャケットを誂《あつら》えた。

けれども、日本に着いてからは、仕事の手伝いをさせてばかり。まともに夫婦らしい暮らしをさせられなかった。カミさんは語学が堪能で、しかも陳さんの娘らしく商売の何たるかの本質を良く理解していた。そんなこともあってアジア向けの営業を統括する役割を担ってもらった。なので夫と妻というよりも、上司と部下といった関係の方が強かった。彼女も仕事が嫌いではなかったようなので、こちらも甘えてどんどんと任せるようになった。

それでも若かったこともあって、結婚の翌年には長女が生まれ、さらに年子で次女まで授かった。けれども子育ては全てカミさんに押し付けて、ますます私は仕事に没頭した。と言うよりも仕事に逃げた。

私には父と暮らした記憶がほとんどない。そんな訳で父親として家族にどのように振る舞えば良いか分からなかった。まさに陳さんが看破した通りだった訳だ。

家に帰るとカミさんと娘たちが待っている。けれど何を話して良いやら、さっぱり分からない。結局、仕事の話を延々とカミさんとするだけ。今になって思うけれど、もっと娘の話を聞いてやれば良かった。『今日は、どうしてたんだい?』と。そんなことさえ思いつかなかった。

けど、そんな頼りのない私にカミさんは文句ひとつ言わずに家庭を切り盛りしながら仕事を続けてくれた。彼女は根っから要領が良いこともあるだろうが、それに加えて当時の我が家はそれなりに金回りも良く、乳母やお手伝いさんを雇ったりもしていた。随分と周りの人たちに助けてもらった。

「なんか、高度成長期の創業一族のサクセスストーリーと青春ラブストーリーをかけ合わせたような話ですね。それにしても、そんなにできたお嫁さんだったのに、なんで別れたんですか？　駆け落ちするぐらいの大恋愛だったのに」

硯ちゃんが怪訝《けげん》な顔をする。

「……うーん、そう言われると二の句が継げないけれど。なんて言うんだろう、俺みたいにちゃらんぽらんな奴は相手が完璧すぎると辛くなってくるんだよ」

そんなこんなで家庭を一切顧みず、会社では無理難題ばっかり言う私が他所《よそ》の女にうつつを抜かしていることがカミさんにバレてしまった。あれは結婚してから八年ぐらい経ったころだろうか。けれどもカミさんは何にも言わない。ニコニコして普通に接してくる、会社はもちろん家でも。これがあのころの私にはこたえた。

結局、下の娘が小学校に上がる年に離婚を申し入れた。カミさんは随分と抵抗していたけれど、入学式の看板の前で家族四人で写真を撮ったのを最後に離婚届に判をついてもらった。

　するとカミさんは『会社も辞める』と言い出した。さすがに、これには困った。何と言っても、アジア関係の仕事の責任者として取締役にも名を連ね、百人を超える部下を束ねてもらっていたのだから……。

　彼女が取締役を退任する日、古参の役員や社員から散々叱られた。『社長が辞めればいいんだ！』と。その通りだから、ぐうの音もでなかった。

　それは三十八歳の時なのだが離婚はやっぱり辛かったから、二度と結婚なんてしないつもりだった。けれど、四十歳で再婚した。相手は蘭という名前だった。藤子の次は蘭と花の名前が続いた。藤子は私の三つ年下だったが、蘭は一回りも下だった。

　カミさんの失敗で懲りたので、蘭には会社の仕事に一切関わらせなかった。そんなこともあって社員たちも自然と「奥さん」と呼ぶようになった。古参の役員や社員曰《いわ》く『「おかみさん」って呼び方を別な人にするのは抵抗がありますしね』と。まあ、嫌味のひとつも言いたくなる気持ちは分からなくもない。

　後々になって奥さんから教えてもらったのだが、入籍する少し前にカミさんがわざわざ会いに来たと言う。

『正ちゃんは良い人だけど、誰にでも優しい人だから。分かりやすく言うと、女の人にだらしがないの。もちろん仕事はできて稼ぎは悪くないけど、夫や父親としては最低よ。それでもいいの？』

会うなりそんな話をしたと言う。それでも奥さんの決意が固いことを確認すると、『分かったわ。じゃあ、おめでとう』と言うなり、ぽんと祝儀を出したそうだ。それも、びっくりするような額を。そしてこう付け加えたそうだ。

『なにか困ったことがあったら、なんでも相談してね。仲良くしましょう。私は日本に身寄りがいないの。ね、私の妹になって』

その話を聞いて、ああっ、私よりもずっと大きな人間なんだと感心した。普通はそんなこと、できないと思う。

ちなみにカミさんは離婚の際の財産分与を元手に小さな化粧品会社を買収していた。自然素材の原材料と無添加にこだわった化粧品を女性の手で作り、女性の手で売るというビジネスモデルが奏功して、今では日本指折りのグローバルブランドに育っている。経営者としてもカミさんの方が私よりも一枚も二枚も上だということが良く分かる。

一回目の失敗を取り返すつもりで、私はなるべく家庭での時間を増やした。そんなこともあって、蘭との間にも年子の女の子を授かった。なんで女の子ばかり生まれてくるのかと不思議だったが、悪友曰く『女を泣かせた男は、娘ばっかりできるんだ』とのことだった。心当たりがあるから反論もできない。

最初の五年ぐらいは順調で、やはり失敗を糧に次に活かすということは、何にでも当てはまると思っていた。けれども、そのころは会社を上場し、国内外に支店を増やすなど、どんどんと忙しくなる時期でもあった。接待をしたり、されたりで夜のクラブ活動も盛んで……。そうこうしているうちに四十七歳で二回目の離婚となってしまった。

その時は、カミさんが出てきて本当に大変だった。自分の時は静かな怒りを湛《たた》えつつも冷静だったのに、なぜかその時は酷い剣幕だった。

会社の近くにあるホテルのラウンジに呼び出されて行ってみると、シャネルスーツに身を包んだカミさんが待っていた。きれいなんだけれども、激しい炎が背景に揺らめいているようで本当に怖かった。別れてからも、私や会社の悪い噂《うわさ》を耳にすると呼び出されて説教をされたことが何度かあったが、この時は別格で、寒いぐらいに冷房が効いてるラウンジにいるのに、背中を汗がつーっと流れ落ちるのが良く分かったほどだ。

ちなみに二度目の離婚の際は社員からは呆れられなかった代わりに、カミさんとの間にできた娘たちからは随分と冷たい目で見られた。私には兄弟が居らず、カミさんの兄弟も日本には居ないので、当然ながら娘たちに従姉妹《いとこ》はいない。そんなこともあってか、カミさんの娘たちと、奥さんの娘たちとは従姉妹のような関係で交流があったようだ。

こうして這《ほ》う這《ほ》うの体でバツ二になった私は、独身生活を謳歌《おうか》しながら、ますます仕事に没頭した。会社には結構なキャッシュがあり、時代はバブルということもあって、会社の規模は凄《すさ》まじいスピードで大きくなった。しかし、好事魔多しと言うだけあって、私は体調を崩してしまった。丈夫だけが取り柄だと思っていただけに落ち込んだ。けれど、病気をしていなかったら会社を潰していたかもしれない。

病気を理由に仕事も制限しなければならず、いくつもの投資案件から手を引くことになった。リゾート開発やゴルフ場、海外の鉱山買収などもあって、どれも相当の投資額だった。当時は銀行融資も審査が甘く、年商の何倍もの借金が可能だった。冷静に考えればおかしいと分かるはずだが、その時は誰も気づかなかったし、気づこうとしなかった。

私が入院している間にバブルが弾《はじ》けて、そこから失われた二十年とか三十年と呼ばれる時代に突入した。私の会社はおかしな負債を抱えることなく、長年培った現物売買を中心に商売を続けていたお陰もあり、社員を路頭に迷わせずにすんだ。むしろ倒産したり廃業したりといった同業他社から仕事を引き継ぐ形で大きくなった。本当に何が幸いするか分からない。

この時に、私の病室を担当してくれた看護師が三番目の妻だ。ちょうど五十歳の時だ。名前はジャスミンといった。藤子に蘭、そしてジャスミン。つくづくと花の名前の女に縁があると思った。

彼女はフィリピンから看護技術を学びに来ていた学生で、日本語が今一つだったこともあり、患者の中から英語が得意な私が選ばれた。よく考えると変な話だけれども……。若い看護師に初老の患者である私が気をつかって英語で話すといった、ちょっと変な毎日が半年ぐらい続いただろうか。最初は患者と看護師の硬い会話だったが、そのうちに年の離れた友達となり、彼女の日本語が上手くなるのに合わせて恋仲になった。

彼女は二回り以上も年下で、カミさんとの間にできた上の娘と同い年だった。流石《さすが》にこれには娘たち四人も冷たい視線を送るかと思ったけど、意外にも祝福をしてくれた。きっとカミさんや奥さんが、そういった雰囲気にしてくれたんだと思う。

一人目はカミさん、二人目は奥さんと呼んでいたので、三人目はワイフと呼ぶことにした。フィリピン生まれの彼女にも分かりやすいから良いだろうと思った。

こうして三回目の結婚をしたけれど、やっぱり私には結婚生活は向いておらず、還暦に合わせて三回目の離婚をした。カミさんと奥さんがワイフの側に立っての離婚交渉な訳で、私は最初から白旗をあげた。担当の弁護士に『そこまで相手の言いなりにならなくても……』と呆れられるほどに戦意を喪失していた。

仮にすってんてんになってでも、さっさと楽になりたかった。そして、その時に決めた。『これからは、どんなことがあっても死ぬまで独身でいよう』と。


「遅くなってしまって……、ごめんなさい」

不意に階段の向こうから優しい声が聞こえてきた。すぐに誰だか分かる。

「ああっ、良子ちゃん、こんにちは」

どうやら珈琲を届けに来てくれたようだ。

「ああっ、サンキュー。どうです？　ちょっと休憩にしません？」

硯ちゃんはそう言った。

「そうだね、うん、ちょっと休もうか」

私は椅子から立ち上がると伸びをした。良子ちゃんは手にしていた籐籠《とうかご》とポットを作業台のひとつに置くと私に近づき、深々と頭を下げた。

「正ちゃん、この度はご愁傷さまです。お悔やみ申し上げます」

「……ありがとう」

私も姿勢を正して頭を下げた。

「どこにセットしよう？」

良子ちゃんが尋ねると硯ちゃんは小上がりを指差しながら答えた。

「その辺りに頼むよ」

良子ちゃんは「うん」と短く答えると籐籠を小上がりの端に置いた。そして、引出しになっている小上がりの台座部分から卓袱台《ちゃぶだい》と座布団を取り出した。

「手伝うよ」

硯ちゃんは卓袱台を受け取り、脚を開いて小上がりに置いた。二人の息の合った様子を見ると、なんだか心が和んだ。

良子ちゃんは座布団を並べ、籐籠から取り出した真っ白なクロスを卓袱台に掛けた。カップとソーサー、小皿とフォークをセッティングし、続けて砂糖壺とミルクピッチャー、それに紙ナプキンがたっぷりとセットされたスタンドを立てる。最後に受け皿の上におしぼりを置く。みるみるうちに喫茶店『ほゝづゑ』が丸っと出張した設えになった。

下座の座布団の近くに籐籠とポットを移動させると良子ちゃんは小上がりから降りた。

「バスケットにマスターから預かった差し入れがあります。『きっと正ちゃんは何も喉を通らないと言ってお酒ばっかり飲んでるだろうから』って。じゃあ、私は下で店番してるから。硯ちゃんはしっかり正ちゃんのお手伝いをお願いね」

「うん、ありがとう」

硯ちゃんが軽く応える。私は姿勢を正すと良子ちゃんに頭を下げた。

「ありがとう、おいしくいただきます。マスターにもよろしく」

「そうだ、しばらくは難しいだろうけど、落ち着いたらお店にも寄ってください」

「うん、そうさせてもらう。もっとも、マスターとは時々湯島で会うけどね」

私はキューで球を撞《つ》く仕草をした。湯島には馴染みの撞球場《ビリヤードじょう》がある。

「みたいですね、天気が悪くてお客さんが少ない時なんかに『ちょっと出てくる』と言って、半日ぐらい戻ってこないんです。どうせビリヤードだろうと思ってましたけど、やっぱりですね」

そして「じゃあ、また」と言い添えて良子ちゃんは一階に降りて行った。

階段の向こうに良子ちゃんの姿が消えると、私は小上がりに腰をかけて靴紐《くつひも》を解《ほど》き、畳にあがる。緊張がほぐれてほっとする。

「今日はお客さんってことで、上座に失礼するよ」

そう断って先に奥の座布団に腰を下ろした。続けて硯ちゃんも座る。

「それにしても硯ちゃん、いつまで良子ちゃんを放っておくつもりだい？」

前々から気になっていたことを率直に問うてみた。不意を突かれたと言わんばかりに、硯ちゃんは答えに詰まる。

「……放っておくもなにも、良子はただの幼馴染みですから」

「ふーん、ならいいけど。あれだけのお嬢さんなんだ、あちこちから誘いの声もあるだろうし、マスター曰く方々から縁談を持ち掛けられてるそうだよ。気が付いたら、どこかの誰かに攫《さら》われてしまってたなんてことのないようにね」

ちょっときついかなと思いながらも、言ってしまった。

「はぁ……」

曖昧な返事をしながら硯ちゃんは籐籠からケーキの箱を取り出し、蓋を開けて中を見せてくれた。中にはエクレアとシュークリームがそれぞれ一つ、それにしっかりとオーブンで焼いた固めのプリンが二つ入っていた。

「ああっ、美味《うま》そうだ」

思わず声が漏れる。マスターの気遣いが心に沁《し》みる。

「エクレアですかね？ 正ちゃんは。それとも、たまにはシュークリームにします？」

「そうだな、シュークリームも魅力的だけど、今日はやっぱりエクレアがいいな」

ふと、話が逸れてしまったことを思い出した。

「話を戻すけど、相手が良子ちゃんだったら俺も安心なんだけどなぁ。ちょっと抜けたところがある硯ちゃんをしっかり支えてくれそうで。まあ、お節介だとは思うけど。一度しっかり考えた方が良いと思うよ」

「……はぁ」

曖昧な返事をしながら硯ちゃんはエクレアを載せた皿を私に差し出した。

「では、遠慮なくいただきます」

そう断りを入れて手づかみでエクレアを頬張った。そして注《つ》いでもらったばかりの珈琲をブラックのまま一口飲んだ。

「……美味いね」

硯ちゃんは小さく頷き、私と同じように手づかみでシュークリームを頬張った。そのまましばらく、ふたりとも黙ってお菓子を食べ、珈琲を飲んだ。硯ちゃんがただ静かに、黙って付き合ってくれることが本当にありがたかった。

エクレアと珈琲で少し元気が出てきたところで、ふと一つの思いが浮かんだ。それは無意識のうちに言葉となって口から出てしまった。

「……なんか、さっきまで、散々色んなことを話しておいてなんだけど……」

私は汚れた手をおしぼりで拭うと姿勢を正して硯ちゃんに向き直った。

「やっぱり、弔辞なんて、ありきたりで良いかなって」

硯ちゃんはちょっと驚いた顔をして私の顔を見つめた。

「……なんかさ、思い入れがたっぷりな文面にしちゃうと、やっぱり恥ずかしいなって。奥さんやワイフ、それに娘たちがいる前で、ちょっとなぁって。ここまで付き合ってもらっておいて悪いんだけど」

「いえ、それはお気遣いなく。けど、いいんですか？　それで」

私は「うん」と短く答えた。その弱々しい声に我ながら驚いた。

硯ちゃんはちょっと困ったような顔をした。そして「ちょっと待ってください」と断りを入れて作業台にパソコンを取りに行き、すぐに戻ってきた。

「えーっと、普通はですね『〇〇さん、あなたは私のもとから旅立ってしまわれました……』というような感じで始まって」

そう言いながら私にいくつかの例文を見せてくれた。

二人でしばらくあちこちのサイトを行き来し、いくつかの例文を見た。そして硬すぎず、さりとて軟らかすぎない例文を二つほど選び、それを適当に混ぜて作ってもらうようにお願いした。

「本当にいいんですか？　こんな通り一遍で。少しアレンジしましょうか？　シンガポールで出会ったころの話なんかロマンチックで良いと思うのですが」

「いやいや……。なんか、そんな話をカミさんの遺影を見ながら読めないよ。とりあえず漢字にはふり仮名を添えてもらうようにお願いして。あと、字は大きめで。裸眼だと小さな文字は読めないからね。マイクの前で老眼鏡をかけたり外したりでもたもたしたくないし」

私は無理やりにちょっと笑った。きっと引きつった顔で余計に気味が悪かったかもしれない。

「分かりました。では、うちと付き合いの長い土筆《つくし》会という筆耕業者さんに手配します。これまでも、何回か正ちゃんの依頼を引き受けてくれているところですし、多分ですが前に正ちゃんの原稿を担当してくれた人に書いてもらえるように調整してくれると思います。その辺はちゃんと気遣いのある対応をしてくれるところなので安心してください」

「頼むよ、変に崩さずにちゃんと楷書で書いてくれるようにね」

昔、現役で働いていたころ、業界団体の会長を引き受けていた時期があったが、その時に当日渡された祝辞が達筆すぎて読むのが大変だったことがある。難しい漢字にふり仮名もなく、つっかえつっかえ読んで恥ずかしい思いをした。普段なら簡単に読めるはずの漢字でも、大勢の前でマイクに向かって話すとなると緊張で頭が真っ白になることを、経験をしたことがない人には分かってもらえない。

「かしこまりました」

私は上衣の内ポケットから財布を取り出した。

「バタバタして払いそびれると悪いから前払いしておくよ」

硯ちゃんは、ちょっと考えるような顔をしつつ、すぐに「いえいえ、大丈夫です」と首を振った。

「この程度の文字数でしたら大した額ではありません。次にご来店いただく際にご精算いただければ十分です」

「そうかい？　悪いね」

「いえ、ご心配なく。ああっ、もちろん土筆会には先に支払いますのでご安心ください。正ちゃんが一番心配するところでしょうけど、これぐらいは四宝堂で立て替えできます」

「……覚えてたんだね」

会社が小さかったころ、資金繰りで随分と苦しい思いをしたので、なるべく自分が支払う時は現金で早く渡すようにしてきた。そんな細かな私のこだわりをちゃんと覚えておいてくれた硯ちゃんが頼もしく見えた。

「じゃあ、すまないけど、よろしく頼むね」

「はい、承りました。明日は私も参列させてもらいますので、品物は会場に直接お持ちします。十時からでしたよね？　九時半には到着するようにします」

「いやいや、ギリギリでいいよ。さっきみせてもらった程度なら、下読みしなくても大丈夫だろうし。あんまり早く来てもらうのは悪いよ。そうだな九時五十五分ごろで頼む」

「かしこまりました」

私は残っていた珈琲を飲み干すと靴に足を入れた。

「もしかして、これから飲みに行ったりしませんよね？」

私の背中に硯ちゃんが声をかけた。

「うーん、どうしようかなぁ……。あっ、そう言えば良かったね、文ママのところの、えーっと誰だったっけ？　そうそうユリちゃん」

過日、硯ちゃんから急に電話がかかってきて『クラブふみ』のオーナーママに連絡を取りたいと言われたのを思い出した。

「あっ！　そうでした」

硯ちゃんも靴を履くと背筋を伸ばして頭を下げた。

「お陰様で話がまとまったみたいです。ありがとうございました」

「俺のクラブ活動も誰かの役に立つんならまったくの無駄ではないよね」

「そう、ですけど……」

硯ちゃんの心配そうな顔を見たら、思わず噴き出してしまった。

「大丈夫、さすがの俺も今日はまっすぐ帰るよ。風呂にでも入って早めに寝る」

「そうしてください。ああっ、荷物になりますけどプリンをお持ちください。どうせ、家にはお酒とお茶ぐらいしか買い置きしてないでしょうから」

硯ちゃんは包み直した箱を紙袋に収めて私に差し出した。

「スプーンが箱に入ってます。冷蔵庫に仕舞う時は保冷剤を外してくださいね」

「ああ、ありがとう。『ほゝづゑ』のプリンはブランデーとよく合うんだ」

「ですね。けど、今晩は飲み過ぎは厳禁ですよ。明日は大仕事があるんですから」

硯ちゃんの言葉に素直に頷くと、私は早々に家路についた。


風呂上がりにブランデーを舐《な》めながらプリンを食べて一旦はベッドに入ったが、疲れているはずなのに目が冴《さ》えてどうしても眠れない。

日付が変わるころ、古いレコードを思いつくままにかけて、ぼんやりと窓の外を眺めていた。三階にある私の部屋からは、通りを行く人の姿がよく見えた。

手をつなぎ、大きく口を開けて笑いながら歩いてゆく若いカップルがいると思えば、何か訳ありなのだろうか、肩を寄せ合いながら深刻な表情で通り過ぎる男女もいる。

溜息を零し、カーテンを閉めて部屋の中をふり返る。

絵一枚飾らず、一輪の花さえ活けていない殺風景な部屋にビル・エヴァンスのピアノが低く流れる。ふと本棚に一枚だけ立てかけてあった絵葉書が目に留まった。それはカミさんと結婚したばかりのころに鎌倉で作ったもので、この部屋に引っ越す際に偶然見つけて、懐かしくなって飾ったものだった。

『ねえ、写真、撮ってもらいましょうよ』

そのころは、大概の観光地には街頭写真屋がいて、撮影、現像、印刷の一式をして郵便で送り届けるという商売をしていた。

『写真なら、自分で撮るさ。セルフタイマーぐらいついてるぜ』

私がそう言うと、カミさんは首をふった。

『あら、いやだ。この看板をよく見てよ、絵葉書にしてくれるって書いてあるじゃない。私、お友達にも、お世話になった人にも、何にも言わないで飛び出して来たのよ。せめて結婚報告の葉書ぐらい出したいわ』

そんな経緯で作った絵葉書だった。

カミさんは真っ白な襟のついた水玉模様のワンピース、私は麻のスリーピースにカンカン帽を手にして写真に収まっている。モノクロなのに、ワンピースの地の鮮やかなブルーをありありと思い出すことができる。全部で何枚刷ったのかも思い出せないが、私の手元に一枚だけ残ったそれを胸に抱いてベッドに横たわった。

「お待たせしました」

硯ちゃんは九時五十分には会場に顔を出し、私を見つけると紙袋から取り出した弔辞を手渡してくれた。

「すまないね、面倒をかけて」

私は受け取った弔辞を内ポケットに収め、頭を下げた。

「とんでもない。じゃあ、また」

首を振りながらそう言うと硯ちゃんはそそくさと、後ろの席へと引っ込んでしまった。普段なら、もう少し話をするのに、変だなぁと思った。

僧侶の読経が終わると弔辞となった。上衣のボタンをはめ、姿勢を正す。

「それではこれより弔辞をいただきます。弔辞につきましては、故人の強い希望により古いご友人である湊川正太郎様にお願いいたします。湊川様、お願いします」

葬儀会館の職員が務める司会に促されて、祭壇正面に設えられたスタンドマイクに向かう。途中で親族である娘たちや、参列されている方々に頭を下げる。こぢんまりとしたお葬式と娘は言っていたが、参列者は優に二百人を超えている。実業界を引退して十年以上経つというのに、改めてカミさんの人望の厚さを実感する。

マイクの前に立つと、真正面にカミさんの遺影が待っていた。会場に入ってから何度も見ているはずなのに、こうやって改まって正面に立つと緊張する。

硯ちゃんが手配してくれた弔辞の包みを解き、中から丁寧に折り畳まれた巻紙を取り出す。包みをポケットに仕舞うとマイクに向かって声を上げた。

「弔辞……」

しかし、そこから先の言葉が出ない。

巻紙には何も書かれておらず、ただ、少し大きな付箋が貼ってあった。

『正ちゃんへ

ごめんなさい。やっぱり紋切型の弔辞なんて、正ちゃんらしくないし、おかみさんも許してくれないと思います。自分の言葉でお別れをしてあげてください。

硯』

「……やられた」

そう呟いたところまでしか話した内容は覚えていない。けれども、話している途中から涙が止まらなくなったことだけはよく覚えている。

焼香を済ませた硯ちゃんが私の横を通り過ぎた。ほんの一瞬、私の耳元に口を寄せて「ごめんなさい」と呟くとすぐに後ろの席へと戻って行った。本当なら嫌味の一つでも言ってやりたいところだが、泣いたばかりで上手く声が出なかった。

「それでは、出棺の準備をいたします。皆さまよりいただきましたお花を故人に供えていただきたいと存じます。係の者がお渡ししますので、ぜひお手伝いをお願い申し上げます」

司会の声に合わせて生花業者の職員たちが供花を短く切り、参列者たちに渡し始めた。たくさんの花にあふれていた祭壇があっと言う間に寂しくなり、代わりに棺の中のカミさんは顔を残して花に包まれた。

「ねえ、父さん。ちょっといい？」

涙で目を真っ赤に腫らした娘が私の袖を引っ張った。手にはお菓子が入っていたような缶があった。

「弔辞、とっても良かったよ。父さんの母さんに対する気持ちを初めて聞いたような気がする。それに私たちが生まれる前の二人のことを知ることもできて嬉しかった。駆け落ちだなんて……、大恋愛の末に二人が結ばれて、私たちが生まれたんだって思ったら涙が止まらなくなった」

「……そうか」

もうちょっと別な言葉がありそうなものだけど、何にも思い浮かばなかった。

「私ね、父さんは蘭ちゃんやジャスミンのほうが母さんよりも好きなんだとずっと思ってた。でも、違ったんだね。母さんのことも、ちゃんと好きだったんだって分かった。ちょっと嬉しかった。ありがとう」

「ああっ、そうか」

「あのね、これ、見て欲しいの」

娘は手にしていた缶を顔の高さに上げた。

「母さんが病院に担ぎ込まれたあと、容態が落ち着いて一番に私に頼んだことが何だか分かる？」

「……さぁ、何なんだい？」

「この缶を持って来て欲しいって。母さんの部屋のクローゼットの一番奥の方に仕舞ってあった。引っ張り出すのが大変だったんだから。持って行ってあげたら、本当に嬉しそうな顔をして……。正直、ちょっと腹が立った。だって、私たちがあげた花よりも、その古ぼけた缶の方が嬉しそうだったんだもの」

私は缶をしげしげと見た。その缶にまったく見覚えは無かった。

「でね『何なの？　その缶。持ってくるの大変だったんだから、中に何が入ってるか教えてよ』って言ったの。そうしたらね、体調が悪くて青白い顔をしていたはずなのに、急に真っ赤になって……。で『内緒よ。誰にも言わないで』って前置してから中身を見せてくれた。『私の宝物なの』って」

まったく心当たりのない私は首を傾げた。

「開けてみて」

そう言うと娘は私に缶を手渡した。随分と古い物のようで、あちこちが凹《へこ》み、所々曇ったり、細かな傷がついたりしている。

開けてみると、鎌倉で撮った写真を使った絵葉書があった。そして、その下には私が送った絵葉書が……。

ホーチミンやマカオ、香港といった日本に戻る途中で出したものから、横浜港や大阪城、京都の金閣寺や八坂神社に舞妓《まいこ》さん、北海道の時計台にクラーク博士、博多や鳴門の渦潮、長崎の中華街にグラバー邸、奈良の大仏に神戸の夜景、皇居の二重橋に東京駅……。すべて私がカミさんに送った絵葉書だった。

「結婚する前に、日本からシンガポールにいる母さんに父さんが送った絵葉書なんだって？　全部で何枚送ったか覚えてる？」

私は黙って首を振った。

「九十九枚だそうよ。それに結婚を報告するために鎌倉で撮った写真で作った絵葉書を足して合計百枚。それが母さんの宝物だそうよ」

娘は私の肩を揺すった。

「ね、それを母さんの胸元に置いてあげて、父さんの手で。きっと、あっちにも持って行きたいはずだから」

残っていた人たち皆が温かい眼差《まなざ》しで見守ってくれていることが分かった。私は黙って頷くと、棺《ひつぎ》に近づいた。

カミさんの顔は穏やかで、まるで初めてホテルの売店で会った時のように美しかった。私は震える手で一枚一枚、丁寧に彼女の胸元に絵葉書を置いた。ぽたぽたと涙が零れたけれど、遠く海を越えても滲まないようにと油性インキのボールペンで書いた文字は、それを健気《けなげ》に弾き飛ばしてくれた。

最後の一枚は鎌倉で作った葉書にした。それを両手でそっと置いた。涙で霞《かす》んだからだろうか、カミさんが微笑《ほほえ》んでいるように見えた。

「ねえ、何時までそうしているつもりなの？」

「そうだよ。風邪をひいちゃうよ」

蘭とジャスミンの声が後ろから聞こえた。気が付けば私は火葬場の炉の前で立ち尽くしていた。

「大丈夫だよ。もう少し放っておいてくれ」

私は不機嫌そうに応えた。

「何を言ってるの。もう一生分の涙を流したでしょ？　声もガラガラで何を言ってるのか聞き取れないわ」

蘭が呆れたように言い放った。

「なんか、私、途中から妬《や》けちゃって妬けちゃって。藤子ちゃんには悪いけど、私は一枚も絵葉書なんてもらったことがないもの。羨ましいなぁ。ねえ、今度、どっかに行くことがあったら私にも絵葉書を送ってよ」

ジャスミンはそう言って自分の小指を私のそれに絡めて勝手に指切りを始めた。

「そうねえ、私も貰《もら》ったことがないなぁ。けど、私は絵葉書よりも弔辞がいいな。元夫が号泣して語りかける弔辞って、なんか、こう、ぐっと来るじゃない？　ねえ、私のお葬式でも弔辞を読んでよ。勝手に先に死んだら許さないから」

そう言うと蘭は私のほっぺたをつねった。

「おい、なんでつねるんだよ」

「うるさい！　これは藤子ちゃんの代わりなの。本当に、もう、バカ！」

「そうだ！　いいぞ蘭ちゃん」

そう言うなり蘭とジャスミンが私に抱き着いてきた。

「藤子ちゃん！　なんでいないの？　藤子ちゃんに会いたい」

蘭がそう言うとジャスミンが嗚咽《おえつ》した。

二人の背中をどれぐらい擦《さす》っていただろうか。

「落ち着いたか？」

私が声をかけると二人は頷いた。

「ああっ、ちょっとすっきりした」

蘭が言うとジャスミンが頷いた。そして急に笑い出した。

「蘭ちゃん、お化粧がボロボロだよ」

「何を言ってるの、ジャスミンだって酷いわよ」

二人して相手の顔を指さしながら腹を抱えて笑いだした。つられて私まで笑ってしまった。きっと天国に昇る途中のカミさんも笑っているだろう。

「さっ、控室に行きましょう。こんな寒い所にいて寝込まれたりしたら藤子ちゃんに叱られてしまうわ」

「そうだ、そうだ！　ほら、しっかりして」

私は蘭とジャスミンに両脇を支えられるようにして控室へと歩きだした。

＊＊＊＊

あと数日でクリスマスというある日、銀座の老舗文房具店『四宝堂』に一通の書留が届いた。

「メリークリスマス！」

初老の郵便局員が笑いながら書留を差し出した。

「はいはい、メリークリスマス。サンタの代わりまでやるようになったんですね」

四宝堂店主の宝田《たからだ》硯はそう言って笑いながら書留を受け取った。

「どうせすぐにお正月で今度は獅子舞《ししまい》をやらなきゃあならないんだけどね」

郵便局員はそうボヤくと慌ただしく店から出て行った。硯は差出人の名前を検《あらた》めると怪訝な表情で鋏《はさみ》を取り出し封を切った。中には封書と、商品券を収めるような『GIFT』と印字された紙のチケットケースがあった。

封筒を開けると、丁寧な文字で綴《つづ》られた便箋がでてきた。

『前略
　硯ちゃん、この前は大変お世話になりました。弔辞を広げた時は「やられた！」と思ったけど、まあ結果オーライだから許しましょう。

　アドリブばっかりで酷い内容だったと思うけど、お陰でカミさんとちゃんとお別れすることができました。娘をはじめとして参列していた何人もから「良かったよ。もらい泣きをしてしまった」と褒めてもらえました。

　もっとも、あんな思い付きで話した内容で褒められても困ってしまうけれど。いずれにしても硯ちゃんのお陰です。ありがとうございました。

　感謝と仕返しの両方の意味を込めて贈り物をします。ご笑納のうえ、ちゃんと使ってください。

　私は三回も結婚をして、三回とも離婚してしまったけれども、やはり結婚は良いものです。ぜひ硯ちゃんも一度は経験するべきです。

　ああっ、もちろん経験すべきは結婚のほうで、離婚はしない方が良いけれど。

　年末年始は忙しいでしょうが、松の内が明けて一段落したら時間を作って、必ず良子ちゃんと、どこかへ出かけてください。四宝堂の店番が必要なら私がやります。こう言ったら何ですが硯ちゃんよりは商売上手を自負しています。もし売上が下がったら補償します。

　とにかく、大切な人が何時までも近くに居てくれると思わない方が良いです。これだけは自信をもって断言できます。

　大切な人はしっかりと抱きしめていないと、どこかへ行ってしまいます。

　同じように大切な人に頼られたら、ちゃんと受け止めてあげてください。私のように逃げ出してはいけません。三度も同じような失敗をした私が言うのです。間違いありません。

　時節柄、流感に注意して、くれぐれもご自愛ください。ではまた。

草々』

　チケットケースには十万円分の宿泊券と『正ちゃん厳選！　関東近郊お薦めの宿』という、いかにも手作りといったチラシが入っていた。

　硯は小さく笑みを零すと、軽く首を振った。

「正ちゃん、お節介もいいところです……。けど、ありがとうございます」

　独《ひと》り言《ご》ちたところに喫茶店『ほゝづゑ』の看板娘である良子が入ってきた。

「硯ちゃん、こんなのが正ちゃんから届いたんだけど……」

良子の手には硯が受け取ったものとよく似た手紙とチケットケースがあった。硯はチケットケースを指さして言った。

「そいつの中身はなんだい？」

「これ？　十万円分の旅行券。飛行機に船、列車やバス、それにタクシーまで使えるって書いてある」

硯は少し考え込むように首を傾げた。しばらくすると小さな笑みを浮かべた。

「俺にはこんなものが届いたよ。宿泊券で金額は同じく十万円」

「えっ！　あっ、本当だ」

良子は硯の手からチケットケースを受け取るとしげしげと眺めながら言った。

「ねえ、これってもらっちゃっていいのかな？」

「うん、まあ……。せっかくだからね」

硯の答えを聞くと良子は満面の笑みを浮かべ、スマホを取り出した。

「ねえ、どこに行く？　っていうか、お店って休めるの？」

東京、銀座の片隅にある文房具店『四宝堂』。店主とその幼馴染みは微妙な距離を縮めようとしている。そんな二人の様子をそっと見守る温かい人たちの愛情で店内は包まれていた。

メモパッド

「調理器具が全部入りましたから工事そのものは終わりです。午後から専門の清掃業者を入れて、最後に細かなチェックをして、明日の朝には予定通り引き渡せます」

現場監督はそう言った。

「色々と無理な注文ばっかりで、すみませんでした」

私は頭を下げた。監督は「いや本当に大変でした」と笑った。

「けど、真剣に私たちの仕事を見てくれているんだなとも思いました。大変でしたけど、楽しくもありました。この現場が終わってしまうのは少し寂しいです」

カウンター八席ほどの小さな店だが、私にとって初めての〝自分の城〟とあって、どうしても細かなところにも、こだわりが出てしまった。それでいてスポンサーがついている訳ではないので、資金には限りがあり、監督はその中でのやりくりに大変だっただろう。随分と無理をさせてしまったと申し訳なく思っている。顔を出すたびに、菓子や飲み物などは差し入れたが、とてもそんなものでは追いつかない。無事に開店ができたら、一度招待をしなければと思った。

施主が長々と現場にいても作業の邪魔なだけなので、私は頭を下げて辞去した。監督が軽く手を挙げて応えてくれる。

通りに出ると午後二時を過ぎたところだった。ランチ営業をしている店も、夕方まで一度暖簾を仕舞う時間帯で人通りも少ない。ポケットからロディアのブロックメモを取り出すと、書きつけてあったメモ書きに目を通した。開店準備も大詰めで、片付けなければならないことはほとんどなくなった。目途《めど》がついたものは一本線で消し込みがしてあり、残っているのは一つだけだった。

私はそれを確認するとロディアを閉じてポケットに仕舞った。スマホを取り出すと、ここ最近、何度もかけている電話番号をタップした。

『はい、四宝堂《しほうどう》でございます』

三回の呼び出し音で店主の宝田《たからだ》さんが出た。

『もしもし、筆耕をお願いしている札《ふだ》です』

『これは札様、お世話になります』

宝田さんは少し驚いた様子だった。

『すみません、アポの時間より早いのですが、これから行ってもいいですか？』

『はい、もちろんです。先ほど納品されましたので、すぐにご覧いただけます』

その答えにほっとした。私は足早に柳並木の脇を歩き、門前にたたずむ丸いポストが目印の老舗《しにせ》文房具店『四宝堂』へと急いだ。

「湾野辰雄《わんのたつお》様……以上でお預かりした名簿にございました宛先は全てです」

右側に座る宝田さんは、そう言って最後の封筒を差し出した。私は名簿と照らし合わせ、住所や名前に間違いがないことを確認した。

「はい、大丈夫です。問題ありません」

私はそう言いながら、左側に座っていた女性に封筒を手渡した。封筒には挨拶状と店舗案内がすでに入れられている。

女性は慣れた手つきで蓋を糊付《のりづ》けし、その上から寿の文字を図案化した封緘印《ふうかんいん》を押す。続けて表に返すと、慶事用の切手を丁寧に貼り付ける。多分、十秒とかかっていないだろう。

「お疲れ様でした」

私が声をかけるよりも先に椅子から立ち上がった宝田さんがそう言った。

「いえ、こちらこそ。プロにお願いしたにもかかわらず、わざわざ確認させてもらって……。美しい字であることはもちろんですが、一通の間違いもありませんでした。それに書き損じもない。いや、本当に素晴らしい、感服しました」

本音だった。これまで勤めていた店で支店を出す時にも、開店案内を手配したが、百通あったら一通か二通は何らかの間違いがあった。その上、書き損じも何通かあるのが当たり前だ。それだけに検品のようなことをお願いしたのだが、まったくの杞憂《きゆう》だった。

今回の独立に際し、私の腕を見込んだ放送作家が総合プロデュースを買って出てくれたのだが、その人から紹介されたのがこの『四宝堂』という老舗の文房具店だった。なんでも創業は天保五年だという。天保五年は西暦に直すと一八三四年で、調べてみると、握り鮨《ずし》の考案者と言われる華屋與兵衛《はなやよへえ》が店を開いた一八二四年と時期が近い。

どんな老人が店主を務めているのかと緊張して訪れてみると、意外に若い人で拍子抜けした。見た目から推察する限りだが三十代半ばぐらいだろうか。ちなみに名前は宝田硯《けん》で『硯《すずり》と書いて「けん」と読みます』と教えてくれた。

最初は頼りなく見えたが、私が相談したことに丁寧な応対をし、難しいことは正直に『難しいです』と言い、料金や納期の見積もりも真摯そのものだった。昭和七年に建てられたという店舗の地下には古い活版印刷機があるそうだが、私が注文した開店案内については正直に『うちでは無理です。けれどもご安心ください。知り合いに腕の良い印刷職人がおります』と受合った。そして筆耕の手配もしてくれた。

左に座っていた女性も立ち上がると美しいお辞儀をして頭をさげた。

「開店準備でお忙しい時期に、直々に検品いただき心より御礼申し上げます」

今回、筆耕を引き受けてくれた、土筆《つくし》会の代表を務める白川菊子《しらかわきくこ》さんだ。かなり短めのショートカットは真っ白で、墨染と思《おぼ》しき襟無しのシャツとマッチしている。黒のパンツに踵《かかと》の低いパンプスを合わせており、筆耕会社の社長というよりもデザイナーや画家といった雰囲気を漂わせている。実際に書家や篆刻《てんこく》家としても活躍しているそうだ。

「なんだか疑ったみたいで申し訳もありません。次からは検品なしで結構です」

私も立ち上がって白川さんに頭を下げた。

「とんでもない、本来は必ず検品いただくべきだと思います。なんと申しましても、ご依頼された方にとりましては、一生に数えるほどしかないことにお使いいただくものですから。もちろん、私たちも何度も確認しますが、それでも絶対はありません。なので、納品時に検品いただくことはとてもありがたいのです」

白川さんはそう応えながらにっこりと笑った。

「とにかく、ご用命をいただき、ありがとうございました。帰りましたら、今回いただいたお仕事に携わった者の一人ひとりに『札様からお褒めの御言葉を賜りました』と伝えようと思います。きっと、みんな大喜びすると思います」

私と白川さんのやり取りを見ていた宝田さんが大きく頷《うなず》いた。

「土筆会の皆さんのお仕事は、いつも完璧です。けれど、どうやってモチベーションを維持しているのだろうと何時《いつ》も思います。なんと言いましても、できて当たり前、間違いがなくて当たり前なのですから……」

そう言うと宝田さんは「お茶を用意しますから、あちらへどうぞ」と促した。

私たちがいる店舗の二階は、版画やペーパークラフトの教室に貸し出しているそうだが、今日は私のために提供いただいた。そもそも、本当は店休日なのだが「落ち着いて作業できますから」と、特別に開けてくれたのだ。

二階は板張りで、真ん中に作業台が六つ、ロの字型に置いてある。その一角で検品作業をしたのだが、窓に向かって右手には四畳半の小上がりがあり、そこに卓袱台《ちゃぶだい》と、座布団が三つ並べてあった。

「あら、兎堂《うさぎどう》のどら焼き」

白川さんの声が一オクターブぐらい高くなった。仕事の時のキリっとした雰囲気と、オフになったときの可愛《かわい》らしさにギャップがある。こんな素敵な年齢の重ね方ができたらいいなと思った。

「ちょっと近くまで行きましたら、タイミングよく買うことができました」

宝田さんは白川さんに応えながら、湯冷ましと茶碗《ちゃわん》にケトルから湯を注いだ。

兎堂は日本橋にある老舗の和菓子屋で、材料を吟味し、丁寧な手作りで有名だ。お茶席に使うような本格的な菓子の伝統を守りつつ、気軽に口にできるどら焼きや大福なども作っている。どれも控え目な甘さとソフトな口当たりで人気がある。特に生地の真ん中に飛び跳ねる兎の戯画が焼き印されたどら焼きは、昼前には売り切れてしまうほどだ。私もこれまでに数えるほどしか食べたことがない。

「実は兎堂の当主は小学・中学の同級生なのです。けど、友人だからと取り置きをお願いするのは気が引けるほどの人気ですからね、私も久しぶりに口にします」

「そうねぇ、土日なんかは開店前から人が並んでたりするもの。二階の甘味処《どころ》も満員。ああっ、今はカフェって言うんだっけ?」

宝田さんは頷きながら茶を淹《い》れ、懐紙の上に載せたどら焼きと一緒に配った。

「うちの耐震補強工事と同じ時期に向こうはビルごと建て替えましたから、もう五年ほど前ですけどね。前の店はテーブルが三つほどしかありませんでしたけど、今の二階は全部で三十席ぐらいあったと思います。まあ、経営者としては完敗ですね」

それぞれの前にお茶と菓子が揃《そろ》ったところで白川さんが手を合わせて「いただきます」と言った。釣られて私も唱和した。

蓋を取ると茶碗から緑茶の甘い香りが漂ってきた。軽く湿らせる程度に口に含む。すぐに芳醇な香りが鼻に抜けた。

「うまい……」

思わず声が漏れた。宝田さんはほっとしたとばかりに息を吐いた。

「良かったです。茶を淹れながら失敗したなぁって思っていたのです。何と言いましても一流の鮨職人ですから札様は。お店でもお茶をお出しになっている訳ですし、そもそも味覚も鋭い。珈琲《コーヒー》とか紅茶ならごまかせたかなと、後悔をしてました」

「なるほど。でも、おいしいどら焼きが手に入ってしまった、さすがにこれにはお茶しかない、ってことね」

白川さんが嬉《うれ》しそうに返した。

「御明察！　でも、良かったです」

「色々と気を遣わせてしまってすみません。けど、そんなにお茶に詳しい訳ではありません。もちろん、ひと通りのことは食に携わる者として知ってはいますが。それに鮨店では粉茶を熱いお湯で淹れます。なので、今いただいているような高級なものは使いません」

白川さんはどら焼きにかぶり付きながら「そうねぇ」と言葉を漏らした。

「テレビか何かで熱い粉茶の方が、魚の脂とかをサッと流してくれるからって聞いたことがあるけど、本当ですか？」

私もどら焼きをいただきながら答えた。

「ええっ、茶漉《ちゃこ》しに入れた粉茶にかなり高温の湯を注いで淹れるのですが、そうすることでテアニンという旨味《うまみ》成分が少ない茶になるのです」

「テアニン？」

白川さんと宝田さんの声が重なる。思わず三人で顔を見合わせる。白川さんとは初対面、宝田さんとも、打ち合わせで何回か顔を合わせているとはいえ、初めて会ったのは数ヶ月前だ。それなのに、なんとも心地が良い。やはり、ほんの数時間とはいえ、一緒に作業をすると心が通じるのかもしれない。ましてや二人とも、文房具や筆耕といった分野のプロなのだ。

「テアニンはアミノ酸の一種です。玉露や質の良い煎茶などに多く含まれていて、甘味の強い旨味成分です」

「旨味成分なら問題ないと思いますけど？」

真っ先にどら焼きを食べ終えた白川さんが素朴な問いを口にした。

「ええっ、そうなんですけど、その旨味が邪魔をするのです。鮨屋がお茶に求めることは口の中に残っている味を消すことなんです。もちろん、テアニンの強い玉露や煎茶でも、魚の匂いや味を消すことはできると思いますが、代わりに甘味の強い旨味を残してしまうのです。それでは困るのです」

「へぇー」

二人とも話を聞くのが上手だなと思った。これから板場は自分一人きりなのだ。もっと私も人の話を上手に聞けるようにならなければ、そう思いながら残っていたどら焼きを口に入れた。それにしても、皮と餡《あん》の比率が絶妙などら焼きだ。しっかりとした味を楽しめつつ爽やかで、満足感がありながら軽やかだ。

「お茶も美味《おい》しいですが、どら焼きも素晴らしいです。人気があることも頷けます。普通のどら焼きと随分違う、生地の加減などは和菓子と洋菓子の良いとこ取りをしたような味と食感でした」

宝田さんは湯呑《ゆの》みを手にして深く頷いた。

「実際に洋菓子の材料や手法を取り入れているそうです。先ほども申しましたように、兎堂の店主とは幼馴染《おさなな じ》みです。彼は高校二年の夏に『俺は大学には行かない』と勝手に宣言し、猛烈に英語やフランス語、イタリア語といった語学の勉強を始めました。なんでも高校を卒業したら世界中を渡り歩いて、この世にある美味《うま》いものをすべて味わって来ると決めたそうです。いわゆる料理留学ですね」

「へぇ、高校生でそんな決断をするって、ちょっとすごい子ね」

白川さんが感嘆する。しかし全く同感だ。十代のころの私はその日暮らしだった。

「昔の兎堂は伝統的な和菓子一本槍《やり》の店でした。お茶席の菓子はもちろんですが、贈答用の羊羹《ようかん》や甘納豆などの売上で業績は良かったのですが、将来性はないと見切ったと言ってました。そして『世界中の美味いものを食べつくして手法を学び、俺の手で兎堂を世界に通用する店に生まれ変わらせる』と決めたそうです。それを有言実行した訳ですから、凄《すご》いなぁっと思います」

実際に兎堂はパリに二店舗、ニューヨークとロンドンに一店舗の支店を出している。どれも本店で修業をした職人を派遣しており、味に一切の妥協はなく、昨今の日本食ブームもあって繁盛していると宝田さんが付け加えた。

「そうそう、札様も海外にいらした経験がおありだそうですね？　雑誌の記事を拝見しました」

「私も見ましたよ、『異色の鮨職人　札　銀《ぎん》』って。格好良い写真でしたよね。具体的にどの辺で修業したといったくわしい話は書かれてませんでしたけど」

思わず茶を噴き出しそうになった。冷汗が出るとは、このことだ。プロデューサーを請け負ってくれた放送作家があちこちのメディアに売り込み、いくつか雑誌の取材を受けたのは事実だ。

「やめてください、兎堂のご主人のような壮大なビジョンがあっての料理留学とはレベルが違います。どちらかというと放浪してたと言う方が正しいのです。なので、くわしい話はできません」

私はかぶりを振りながら応えた。

「あら、やだ。食い逃げみたいで悪いけれど、私、そろそろ行かないと」

ふと時計に目をやった白川さんがそう言って立ち上がった。

「ありがとうございました。また、何かとお世話になると思います。これからもよろしくお願いします」

私は座布団を外すと、畳に姿勢を正し頭を下げた。

「よしてください、お仕事をいただけて本当に光栄でした。ああっ、硯ちゃん、封筒、預かって行くわ」

後を追って床に降り立った宝田さんは、作業台に残っていたいくつかの封筒を手提げの紙袋にしまうと、白川さんに手渡した。大量の郵便物なので、ポストに投函《とうかん》せず、郵便局に直接持ち込む方が良いと宝田さんがアドバイスしてくれた。それを白川さんが代行すると言ってくれたのだ。

「すみません、御厚意に甘えます」

宝田さんが頭を下げた。

「何を言ってるの、どうせ事務所に戻る途中にあるんだから。じゃあ、またね」

白川さんは「失礼！」と言葉を残すと階段へと消えた。颯爽《さっそう》としているという表現がピッタリの去り方だった。

私は白川さんを見送るとポケットからロディアを取り出し、備忘メモに目を落とした。そしてボールペンを取り出すと一つだけ残っていた『開店案内』という文字を一本線で消した。しかし、その下に書かれたカッコ書きはそのままにしておいた。

「ロディアのナンバー12ですね」

老舗文房具店の主だから当たり前だが、表紙を見ただけで品番まで言い当てた。

「ええ、立ったままでもメモが取りやすい大きさですし、表紙は撥水《はっすい》加工がしてあって、濡《ぬ》れた手で触っても安心です。それでいて書きやすいし、ミシン目の具合もちょうど良くて切り取る時の感触が心地よいのです」

「うちでも取り扱っています。フレンチやイタリアンのシェフ、それにソムリエの方などもよくお買い求めになります」

「フランス発祥のメモ用紙ですからね」

私はちらっとロディアに目を落とすと、小さく溜息《ためいき》を零《こぼ》した。消せなかったカッコ書きには『大将にも案内を出す』と書いてあった。

「いかがされました?」

慌てて取り繕おうと思ったが、宝田さんの顔を見ていたら、口が緩んでしまった。

「いや、ちょっと。案内状も出すことができましたし、大半のことが片付いて、あとは調理の内容や仕込みに集中すれば良いのですが、一つだけやり残したことがありまして……。それをどうしようかと迷っているのです」

宝田さんは小さく頷いたまま、黙って私の話の続きを待っていた。こうやって余計な言葉を挟まないで待つ方が良い時もあるのだなと思った。

「実は開店案内を出そうか出すまいか迷っている方が一人いるのです」

宝田さんはじっと黙ったまま、目だけで話の続きを促している。私はカッコ書きの文字の周りを、ボールペンでぐるぐるとなぞった。

「この年で自分の店を持つ訳で、職人として遅咲きなのはご存じの通りです」

宝田さんは軽く首を振った。

「札様、どんなことでも人生において遅いことなどないと思います。なので、ご自身を遅咲きなどとおっしゃらないでください、お願いです」

優しい言葉が沁《し》みる。私は素直に頷いた。代わりに私も宝田さんにひとつ注文をすることにした。

「分かりました。では私からも宝田さんにお願いがあります」

「？　なんでしょう」

宝田さんはちょっと驚いたといった表情をして背筋を伸ばした。

「そんなに畏まらないでください。その『札様』という呼び方を止《や》めてもらえませんか？　なんか、聞きなれなくて……。それに『ふださま』って言い難《にく》いと思うんです。下の名前で呼んでください。『銀さん』とか『銀ちゃん』とか。お店にいらっしゃるお客様も、市場の方たちも、みんなそう呼んでくれます」

宝田さんは大きく息を吐き、安心したかのように顔を綻《ほころ》ばせた。

「良かった、何かもっと深刻なことでなくて……。では、御言葉に甘えて『銀さん』

と呼ばせていただきます。さすがにお客様を『ちゃん』付けでお呼びするのは申し訳ないので……。ああっ、一人だけ例外のお客様がいらっしゃるのですが、その方のことは、私が小学校に上がるまえから『正《しょう》ちゃん』とお呼びしているので。では、代わりに銀さんは私を『硯ちゃん』とお呼びください。それを条件とさせてください。お願いします」

「分かったよ、硯ちゃん」

「そうこなくっちゃあ、銀さん」

二人して顔を見合わせて笑った。

「それで、迷っていることって何です？」

私はロディアを閉じ、オレンジ色の表紙を指先で撫《な》でた。

「実は頼んだ筆耕名簿に載せてない人がいるんだ、大恩人にもかかわらず」

ちょっとしたことだが、硯ちゃん・銀さんと呼び合うだけで、ぐっと距離が縮まったような気がする。自然と口調も柔らかくなる。

「へぇ、ちょっと意外です。銀さんとは知り合って間もないですし、仕事のやりとりを少ししただけですけど、真摯で実直といったイメージがあります。礼を失するとは思えません。どなたなんです？　その名簿に載せなかった大恩人って」

私は浅草にある老舗の洋食店の名前を口にした。

「ああっ、ハヤシライスが有名なお店ですよね。あとポークソテーとエビフライも。何回か行ったことがあります」

「うん、硯ちゃんが言った三品はもちろん美味いけど、ハンバーグやナポリタン、それにカツサンドも美味しいんだ。あと、カニクリームコロッケとかメンチカツなんかも絶品だよ」

硯ちゃんは口の端から涎《よだれ》を垂らしそうな緩んだ顔をした。いつも穏やかでありながらも、テキパキと商談を進める様子から、雑談などは好まないタイプかと思っていたが、どうも違うらしい。

「お腹《なか》が空《す》いてしまいますね。ああっ、冷たい瓶ビールを小さなグラスでキュッとやりながら、ウスターソースをかけ回したエビフライなんか最高でしょうね……。ビールの後は冷の日本酒だな、格好つけてワインとかじゃなくて。常温の日本酒をコップでやりながら芥子《からし》をたっぷり塗ったメンチなんて、ああったまらない」

これも意外だった。どら焼きを出すぐらいだから勝手に下戸《げこ》だと思い込んでいた。もちろん、甘党で左党という二刀流も居なくはないが。

「でも、洋食のお店ですよね？　お鮨屋さんの銀さんと、どのような関係があるんですか」

「まあ、話すと長いんだけど、俺が飲食業に入る切っ掛けを作ってくれたのが、あの店の大将なんだよ」

「へぇ、銀さんって洋食出身なんですか？　雑誌の記事には、そんなこと一行も書かれてませんでしたけど」

「そりゃあ、俺が話してないんだから当たり前さ」

硯ちゃんは「良かったら聞かせてくださいよ」と促した。硯ちゃんに話せば少し楽になれそうな気がした。私は手の平でロディアをいじりながら話をはじめた。


今でこそ真面目な顔をして鮨職人を名乗っているが、三十年ぐらい前はいわゆる不良だった。最近『昔はちょっとヤンチャしてました』と平気な顔で語る人が多いが、私は恥ずかしくてそんなことはできない。

中学を卒業して、地元の高校に入学したが夏休みまでもたずに中退。伝手《つて》を頼って東京に出てきたのは良いけれど、手に職もない不良に務まる仕事なんて何もなかった。珍しく働き口を見つけても、長く続かずフラフラとしていた。

今になって不思議に思うが、そのころのことはほとんど覚えていない。最初の一年ぐらいは友達や先輩、それに盛り場で知り合った人の家を泊まり歩いていた。荷物もディパック一つだけの着たきり雀《すずめ》だった。

そんな時に拾ってくれたのが大将だった。私が十七歳、大将は四十歳前後といった年格好だったはずだ。何年も前に不惑を超えたが、あの時の大将よりも年をとったなんて信じられない。

大将に出会ったのは上野だった。寝泊まりさせてもらえる所がなく、前日は上野公園のベンチをベッド代わりにした。夏の暑い盛りで日差しが強く、朝から日陰を求めてベンチを転々としていた。そこで偶然に東京国立博物館の入場券を拾った。多分、団体客を案内していたガイドか添乗員が持ってたものが風で飛ばされて来たのだろう。

最初は『ちぇっ、金じゃあねぇのか。せめて映画のチケットだったら良かったのに』と思った。しかし、日が高くなるにつれて暑くなると『博物館の中なら冷房が効いてるかも！』と思い直した。

それまでは興味がなかったこともあって東京国立博物館がどんなところかなんて全く知らなかった。塀の外から眺めて『随分と立派な建物だな』ぐらいにしか思ってなかった。けれど、入ってみて驚いた。思わず、背筋が伸びるというか、頭が良くなって、気品も少し高くなったのではないかと勘違いするような雰囲気というか、そんな空気が漂っていた。

あそこへは今でも年に何回か行くが、そのたびに自分がリセットされるような気がする。なぜだかは分からない。門をくぐって敷地をぐるっと見渡した時や、本館に入って正面の大階段を見上げた時に、なんとも表現し難い気持ちが湧いてくる。きっと大将に初めて会った時の自分に戻るからだろう。

今でもよく覚えているが、大将は『蘭亭序《らんていじょ》』の拓本を熱心に見ていた。そのころの私は『蘭亭序』はもちろん、王羲之《おうぎし》も知らなかったし、拓本が何なのかも知らなかった。真っ黒な紙に白い字が並んだものを、じーっと見てるオッサンがいるなぁぐらいにしか思わなかった。

最初に大将を見かけて、それからしばらく他を見て戻ってくると、まだ見ている。よっぽど良い物なのかと思って私も立ち止まって、ちゃんと見てみた。いくつかは学のない私でも読めた。もちろん内容はちんぷんかんぷんだった。しかし、きれいな字だなと思った。

すると、不意に大将が声をかけて来た。

『好きか?』

と。ちらっと一瞬だけ私に視線を巡らせて。その横顔が格好良かった。細かな千鳥格子のスーツを着て、白いシャツに黒のニットタイを締めて、お洒落《しゃれ》だった。

質問された訳だから、何か返事をしなければと思ったが、気の利いたことが何も思い浮かばない。結局、思ったままを口にした。

『……きれいな字だなって思います』

と。

『そうだな、こんな字が書けるようになるといいよな……』

大将はそう応えると、また、じっと見入っていた。そのまま五分ぐらい二人でじーっと『蘭亭序』を並んで見た。

すると大将が不意にこう言った。

『あっちに、もう一つ良いのがあるんだ』

そう言うと勝手に先に立って歩いていった。後について行くと、平棚の展示台があった。

『手鑑《てかがみ》だよ』

『てかがみ?』

大将は小さく頷くと教えてくれた。

『「手」というのは筆跡のこと、要するに字のことだ。「かがみ」は図鑑とかの「鑑」

で、前例とか手本とかっていう意味なんだ。つまり手鑑とは字のお手本を集めたものなんだ』

『字の手本ですか……』

『さっき見ていた「蘭亭序」は王羲之が書いたとされる文字を写した石碑から採ったもの。まあ手鑑の源流みたいなものだね。昔の人も、こうやって古筆を集めて、それを手本に臨書《りんしょ》をして勉強したんだね』

『……はぁ』

勉強したんだね、と言われても初めて知ることばかりで返答に困った。その展示台を大将はまた三十分ぐらい見ていた。途中でオレンジ色の表紙の付いたメモ帳をポケットから取り出すと、ボールペンで何かをメモしていた。

『何を書いているんですか？』

『うん？　これか。ここの解説文を少し書き写してるのさ。今度、図書館で調べてみようって思ってさ』

『……はぁ』

そんな大人を見たのは初めてだったから本当にびっくりした。私の周りでメモをとるような人は誰もいなかった。

『俺は馬鹿だからさ、メモをしないとすぐに忘れちまうんだ。だけど不思議なことにメモをとると忘れない。何でだろうね。何でだろうね』

何でだろうねと言われても困るのは私の方だ。

そんな成り行きもあって『じゃあ、さいなら』という訳にもいかず、そのまま私も一緒になって眺めていた。すると、大将が急にこう言った。『昼時だな、食事に行こう』と。

『自分は大丈夫です』

咄嗟《とっさ》にそう答えた。その時の所持金は百円もなかったと思う。

『いいから、行こう』

大将はそう言うと先に立って歩き出した。仕方なく着いて行った。

行った先は博物館から歩いて十分ほどの距離にあるレストランだった。

大将は何度も来ているようで、慣れた様子で店員が勧める席に案内されていた。こちらも気後れしながら着いて行った。

板張りの床に真っ白なクロスのかかったテーブル、席にはオーナメント・ディッシュの上にナプキンが洒落た畳み方で置いてあった。つくづく、泊めてもらっていた部屋を出る前に、洗濯をさせてもらい、風呂を使わせてもらっておいて良かったと思った。そんなことが頭を過《よぎ》るぐらい、清潔感にあふれる明るい店内だった。

『何か食べたいものはあるかい？』

大将はメニューを見ながら私に尋ねた。私にもメニューが渡されていたけれど、値段を見ただけで心配になった。

『いえ、特に……』

『なら、適当に注文するぞ』

大将は店員を呼ぶとサラダにミックスフライ、海老《えび》のグラタン、それとハンバーグステーキを注文した。

『あと、私にビールを、彼にはライスを大盛で』

そう締めくくった。

『会ったことはないけれど、この店のオーナーはなかなかの人物だと思うよ。良い材料を惜しみなく使って調理も丁寧、それでいて値段も良心的なんだ』

先に出されたビールを美味そうに飲みながら大将が教えてくれた。

出てきた料理はどれも洗練されていて、美味しかった。大将は『なるほどな』とか、『うん、これはいい』とか呟《つぶや》きながら食べ、時折、さっきのメモ帳を取り出すと何かを書き込んでいた。

『あの、何が「なるほど」なんですか？』

腹が膨れてきて、気が緩んだこともあって図々《ずうずう》しくもそんなことを聞いてしまった。今だったら、とてもではないが質問なんてできない。

『うん？　ああっ、俺はコックでね、浅草で洋食屋をやってるんだ。だから、他所《よそ》で食事をすることは勉強みたいなものなのさ。さっき、「なるほど」と言ったのは、リボンみたいな形をしたパスタがあっただろ、あれはファルファッレって言うんだけど、あれをバルサミコ酢と胡椒《こしょう》で和えたものがミックスフライに添えてあった、あれのことさ。普通の洋食屋だったら、揚げ物に添えるのなんて、千切りのキャベツとトマトで終わり。まあ、あとはレモンでも添えて色味を加えるとかね。けど、ここは千切りにキュウリを加えて緑に濃淡を出し、トマトの代わりに飾り切りを加えたラディッシュ、で普通はケチャップ炒めのスパゲティとかでお茶を濁すところを、ちゃんとファルファッレでひと工夫してた。だから感心して「なるほど」って、つい口から出てしまったのさ』

『へぇ……』

私が何気なく呟いた問いに、大将はちゃんと向き合ってくれた。

『ここの厨房《ちゅうぼう》を預かっている人は、細かなところまで気を配る性質《たち》だということが現れてる。それでいて主役のミックスフライを引き立てる添え物としての域を超えないようにしている。ハンバーグに添えたポテトフライもちゃんと揚げたてだし、人参《にんじん》とグリーンピース、それにモロコシのバターソテーも丁寧に粒を揃えてあって、面倒な下拵《したごしら》えをちゃんとしている。十分、尊敬に値する」

ただ『美味い！』とばかりに、ガツガツと食べていた自分が恥ずかしくなった。

『この店に立ち寄るのも博物館に来る目当てなんだ』

『洋食のお店をやっているのに、同じような店に来るのが楽しみなんですか？』

大将は深く頷いた。

『ああっ、どこで何を食べても勉強になるよ。もちろん和洋中なんでもね。ファストフードも食べるし、チェーン店のホカホカ弁当も食べるよ。どれも、いろんな制約の中で、栄養があって美味しいものをといった創意工夫にあふれてるからね』

大将は自分の料理には自信を持っていたけれど、他所の店を否定するようなことは絶対に言わなかった。感心しないようなことを見聞きしても、黙っている。せいぜい『うちでは、そういったことのないようにしよう』と言うだけだった。

料理が終わると珈琲を注文してくれた。食事の間も、食後も大将は煙草《たばこ》を吸わなかった。そのころは、今と違ってだいたいの飲食店は喫煙可能だったし、周りの大人も煙草を吸う人が多かった。

『煙草、吸わないんですね』

大将は眉《まゆ》をピーンっとさせて、小さく首を振った。

『ああっ、吸わない。料理人も立ち仕事だし、けっこう重労働だから煙草が好きな人も多いけど感心しない。どうしたって煙草の臭いはきついからね。よく洗っても指先に残るし、服や髪にもね。せっかくの料理を台無しにしかねない。そういう君は煙草を吸うのかい』

『お金に余裕があれば……。あともらったり』

『その程度なら、今のうちに止《や》めた方がいい。体にも良くないって分かっていて、なおかつ金もかかる。吸う習慣が身に染みてしまって、止められないっていうなら仕方がないけど、金がないからと我慢できるのなら、さっさと止めた方がいい』

『……そう、ですね』

説教されているという感じは全くしなかった。親子ほども年が離れていたけれど、兄貴分に諭されているといった感じに近かった。だからだと思うけれど、素直に聞くことができた。

『ところで、仕事は何をしてるんだい？　平日に博物館に居たんだ、会社勤めのサラリーマンってことはないだろう。それに、その若さだ。学校に通っていてもおかしくない。ああっ、その前に名前は何て言うんだい？』

変な話だけど、大将は名前も知らない若造に食事を御馳走《ごちそう》し、話を聞かせてくれた。そういう人だった。

地方から出てきたこと、定職はなく、その日暮らしをしていることを私は話した。これまでも盛り場で知り合った人に、素性を尋ねられたことがあったが、いつも適当にごまかしていた。どこかで中途半端な自分を恥ずかしいと思っていた。けれども、大将には包み隠さず、仕事もなく、住むところもないと言った。ちょっと心配だったが、この人に嘘《うそ》をついたらダメだと思った。

『そうか……』

大将はそう呟くと、腕組みをして珈琲カップをじっと見つめてしばらく黙っていた。どれぐらいの時間だったかは覚えていない。きっと、数秒か長くても一分も経《た》ってないと思う。けれど、とても長く感じた。

『じゃあ、俺の店に来いよ。ちょうど一人辞めたところなんだ』

『えっ？』

あまりに想定外の誘いで驚いた。せいぜい『アルバイトを探している知り合いがいるから紹介してやる』といったものを想像していた。

『いっ、いや、でも、俺、料理なんてしたことないですよ？　包丁だって握ったことがない。とてもじゃないけど、邪魔しかできません』

大将は腕組みを解くと小さく口元に笑みを浮かべた。

『邪魔ができたら大したもんだ。まあ、最初は何がなんだか分からねぇだろうから、ぼーっと見てるのが関の山だな。けど、心配するな。最初は誰だって何にもできない。うちにいる連中は素人だった奴《やつ》ばっかりさ、俺も含めてな。調理学校を出た奴も何人かいるけど、そんな奴らでも最初は何にもできないよ。だから、技術的なことは心配いらない』

『……そうですか』

大将はお店の人に会計を頼みながら話を続けた。

『技術なんてやつは、いくらでも教えてやれる。けど、それ以外のところは本人次第だ。どんなに腕があっても、性根が腐っちまった奴に美味い料理は作れない。逆に、未熟な腕前だったとしても素直さと向上心があれば大丈夫だ』

大将は手渡された伝票を確認すると、上着の内ポケットから取り出した長財布から新札の一万円を取り出した。伝票を挟んであったバインダーにそれをスッと落とすと店員に渡した。

『少ないですが、お釣りはチップにしてください』

そして席を立つと、私の肩を叩《たた》いた。

『さっ、行こう。今日は定休日だから店には誰もいないけど、寮代わりのアパートには、誰かいると思う』


「格好いいですね、大将」

黙って聞いていた硯ちゃんが声を挟んだ。

「うん、格好良かったよ。美意識が高いというか、洗練されているというか、とにかく何をやっても様になった。それに、立ち居振る舞いがきれいなんだ。大将の店は厨房とホールは厳格に区分されていて、コックの働く様子を客に見せることはないんだけど、常に背中をピンっと伸ばして、鍋やフライパンを操る姿はダンスをしているみたいだったよ」

「だいぶ前のことのようですけど、そのころでもチップを払う人なんか滅多《めった》にいなかったと思います。しかも、それをスマートにやるなんて、なかなかできません」

日本でも心付けをくださる方はいない訳ではない。けれども、硯ちゃんの言う通り少数だ。もっともサービス料といった名目で強制的にとる店も多く、それに加えてチップを払うというのも、客にしてみれば釈然としないだろう。

「大将の札入れには、いつも新札しか入ってなかったよ。きれいなお札で払う方が気持ちが良いからと言ってね。ああっ、そう言えば四宝堂もお釣りを新札、新硬貨で渡していたね。なんか通じるものがあるかも」

硯ちゃんは小さく微笑《ほほえ》むと頷いた。

「驚いたり、喜ばれたりするお客様の顔を見るのが楽しいのです。それから、どうなったんですか？」


大将に連れて行かれたのは、店からほんの少しの距離にあるアパートだった。一階の一番奥の部屋に大将が、他の五部屋は店員用のものだった。大家さんは近所に住む常連さんで、格安でこのアパートを貸してくれていると言う。家賃は大将が六部屋分を一括で払い、従業員に無料で住まわせていた。

二階の三室は先輩たちで満室だったが、一階は二部屋とも空いていた。結局、一番手前の部屋を使わせてもらうことにした。荷物は背負っているディパックに入ってる着替えと歯ブラシだけだから引っ越しも何もない。

『布団、明日にでも手配してやるから、今晩はこれで寝な』

大将は押し入れから取り出した寝袋を渡してくれた。

『あの、これで十分です。布団なんてもったいないから……』

『ん？　なんだ、遠慮してるのか』

『いえ、そうじゃ、ないんですけど……』

大将はニヤッと笑った。

『「早々に逃げ出します」って宣言してるようなものだけどな。まあ、いいや、お前さんが気の済むようにしな。さすがに冬になったら寒いと思うけど、しばらくは大丈夫だろう』

その夜、休日を楽しんでいた先輩たちが戻ってくると、大将は私を紹介し、自分の部屋で歓迎会をするからと言った。何時の間に買い物に行ったのか、すき焼きの用意がしてあった。

『こいつは札　銀って言うんだ。みんなよろしく頼む。そうだな、呼び名は銀でいいか？　札って、ちょっと呼びにくいしな』

大将の一言で、先輩たちも私のことを銀と呼ぶようになった。三人とも地方出身で、一番年上の先輩でも三つしか変わらなかった。他の二人はひとつ年上で、お店での経験も一年未満だった。三人とも気の良い人ばかりで、いじめられたり、嫌がらせをされたりは一切なかった。その辺も含めて大将は細やかな目配り気配りを欠かさなかった。

その晩、食事の後片付けが終わると、五人で近所の銭湯に行った。今は、どんなに小さなワンルームでもシャワーぐらいついてるが、そのころの木造アパートは、風呂があるほうが珍しかった。

番台のおばさんに『うちの新入り、銀ってんだ。よろしく』、そう言って料金を支払わずに脱衣所に入っていった。後で聞くと五人分の請求を月末にしてもらって、まとめて払っているとのことだった。

この「ツケ」は近所のあちこちで利いて、野菜や肉、魚、調味料といった食材を扱っている店はもちろん、日用品店に薬局、文房具店、さらには理髪店などでも「大将にツケといてください」で済んだ。つまり、一銭もなくても困らない。これは文無しだった私にはありがたかった。その代わり散髪に行くと、有無を言わさず丸刈りにされた。『色気づくのは仕事を覚えてからで十分』という大将の方針で、アパートに入っている間は好みの髪型を注文することはできなかった。お陰で、遊び心も湧かずに済んだ。さすがに丸刈りの頭でディスコやクラブに行くことはできない。

お店の調理場には、この三人とは別に通いのコックが二人いて、調理は主に大将とコックの三人で賄っていた。住み込みの一番年上の先輩は調理見習いといった立ち位置で、後の二人は下拵えを中心に、少しでも調理に携わろうと必死だった。もちろん、新入りの私は洗い場担当で、来る日も来る日も、皿やグラス、鍋や釜を洗った。

それでも調理場の一員として真っ白なコック服と帽子があてがわれて、その上にゴム引きの大きな前掛けをして洗い物と格闘した。最初は先輩に教えてもらった方法で洗っていたが、だんだんとコツが分かってきて、自分なりに工夫をするようになった。洗剤やタワシ、スポンジなども目先を変えて、あれこれと試すと試した分だけ発見があって面白かった。

鍋やフライパンといった調理道具は、とにかく熱いうちに脂汚れを落とすのが大切で、逆に皿などはゴムベラで食べ残しやソースをきれいにこそげてから中性洗剤を落としたぬるま湯につけておくと汚れが浮いて後はサッとスポンジで拭うだけできれいになった。食器類はあんまり強くこすると表面の硝子《ガラス》膜や彩色が傷むので、いかに汚れを浮かせてから手早く洗うかが大切だった。

それに拭き方次第で仕上がりに大きな差がでることを発見した時も嬉しかった。店では大変な数の食器を拭く訳で、一つひとつにかけられる時間は限られている。しかし、拭き方が拙いと、せっかくきれいに洗った食器やグラスも輝かない。クロスの持ち方や拭く順番などをあれこれと工夫して、短い時間で拭き残しのない方法を自分なりに編み出した。

そんな努力もあって、だんだんと洗い物にかかる時間も減っていった。ちょっとしたことだけれども、自分で考えて、その成果としてランチの洗い物が前よりも三十分短く済んだとか、閉店してからの後片付けが十五分短くなったとか、そういう目に見える変化が嬉しかった。

しかも、その辺を大将はちゃんと見てくれていた。

『おっ、前よりもきれいな仕上がりだな』

とか、

『洗い場の整理整頓が行き届いてるな』

と、私が気を配ったところを、見つけてくれる。それが嬉しかった。自分を認めてもらえたみたいで。

そんなことをしているうちに、

『おい、銀、手を休めている暇があったら手伝え』

と言って、洗い場から少しだけ内側に入れてくれた。

もちろん、最初は農家さんから直接分けてもらった泥付きの野菜を洗ったり、サラダに使う葉物を手で千切ったり、下拵えの、さらにその下拵えみたいなことなのだが、自分が洗ったものが料理に使われると思うと、胸がわくわくした。今になって思うけれど、あのころは純粋だった。どんなことでも、初めてやらせてもらえると嬉しかった。

冬になると当たり前だが水が冷たくなる。洗い物なんかは湯沸し器を使わせてもらえるが、野菜は水で洗わなければならず結構しんどい。けれど、そんなことは言っていられない。私がテキパキと洗わないと調理場全体に迷惑がかかる。そのころにはそんなことを思うようになっていた。

もちろんゴム手袋を使っても良いのだが、そうすると触感が得られない。目では見落としそうな違いも手だとすぐに分かる。これは今でも本当にそうで、ダメな材料は手の平に載せただけで分かる。なので、どんなに冷たくても手で直接触らないとダメだということを、野菜を洗うことで覚えた。

大将の店で働き始めて、一年ぐらい経ったころ、休みの前日に大将から声をかけられた。

『銀、明日ちょっと付き合えよ』

と。

翌朝、向かったのは合羽橋《かっぱばし》だった。大将が通っている刃物専門店に行き、シェフナイフを見せてもらった。

『いくつか持ってみな』

そう言って、何本もの包丁を握らされた。

『これかな……。重さといい、握った感じといい、手に吸い付くような気がします』

大将は深く頷いた。

『これ、ください。あと、これに合う砥石《といし》も見繕ってください』

包装してもらった品物を私が持とうとすると『いい、自分で持つ』といって放してもらえなかった。

それから『ちょっと珈琲を飲んでから帰ろう』といって喫茶店に入った。注文すると、大将が何時になく真面目な顔をして私にこう言った。

『おい、五円持ってるか？』

不意な言葉に私は怪訝《けげん》な顔をしていたのだろう。

『その間の抜けた顔に訝《いぶか》し気な表情を重ねると、ますます不細工が目立つぞ。おい、五円ぐらいあるだろ？　早く出せよ』

『はぁ、まあ……』

私はポケットの小銭入れから五円玉を取り出した。

『よし、これをお前に五円で売ってやる』

大将は膝の上に載せていた紙袋を私に差し出した。

『えっ？』

『いいから、早くその五円玉を俺に寄越《よこ》せ。で、この紙袋を受け取れ』

訳が分からなかったが、とりあえず言われた通りにするしかなかった。

『売った！』

『ありがとうございます』

『違うって、「買った！」って言うんだよ』

『……買った』

こうして、やっと売買が成立した。けれど砥石やら何やらを全部足すと、結構な額で、とてもではないけれど五円と交換する意味が分からない。

『さっ、これで、そいつはお前さんの物だ。大事に使うんだぜ、手入れを欠かさずにな。愛情をかけた分だけ、道具はお前を裏切らない』

『……ありがとうございます。けど、なんで「売った・買った」なんていう面倒なことをするんです？』

大将は大袈裟《おおげさ》に溜息をつき、呆《あき》れた顔をした。

『あのなぁ、もっと勉強をしろ。あっ、そうだ。これも渡そうと思ってたんだ』

大将はポケットからオレンジ色の表紙のメモ帳とボールペンを差し出した。

『これからは仕事中はもちろん、休みの日もメモを持ち歩け。で、気になったことや、誰かに注意されたことは、片っ端からメモをとるんだ。メモ帳はなんでもいいけど、俺はそのロディアの十二番を使ってる。手の平に収まって走り書きをするのにピッタリだし、表紙は撥水加工がしてあるから濡れた手で触っても大丈夫だ』

私は差し出されたロディアとボールペンを受け取った。

『勉強ってのは、学校で習う算数や国語だけじゃないんだ。物事を知らないと損をするばかりで、目の前にチャンスが通りかかったり、落とし穴があっても気づかない。まあ、こればっかりは、本人がその気にならないと身に入らないと思うから、あんまり強くは言わないけど。とにかく、分からないことや知らないこと、初めて見聞きすることは、何でも書き留めろ』

『はぁ……』

『でな、話を戻すけど刃物っていうのは人に贈っちゃあダメなんだ、縁を切るって言ってね。だから包丁だけでなく、ハサミとかも。あと櫛《くし》も。これは音が「苦」や「死」といった忌み言葉と一緒だからなんだ』

『へぇ、初めて知りました』

私は早速ロディアを開いて「ハモノとクシは人にあげてはダメ」と書いた。その様子を満足そうに眺めながら大将は話をしてくれた。

『刃物にしても櫛にしても、色んな解釈があるから。刃物を「未来を切り拓《ひら》く」に通じるから贈り物に最適だという人もいるし、櫛も「解きほぐす」とかって言い張る人もいる。けど、やっぱり、少しでも不吉な影を感じるなら、贈るべきでないと思うんだ。だから、面倒かもしれないけど刃物は売り買いにした方が良いのさ』

『はぁ、ありがとうございます。けど、あんなに高い包丁を五円で売ってもらって、申し訳ないです』

大将はカラカラと笑い声をあげ『一年よく頑張った褒美だよ』と言った。

『最初の一本はどうしても一緒に選んでやりたかったんだ。まあ、あの店は馬鹿正直なオヤジがやってるだけあって、良い品を適正価格で売ってる。これからも、何か刃物で欲しいものがあったら、あそこで相談すると良いよ。客の顔をちゃんと覚えていて、相手が必要な物をちゃんと探してくれるから』

それから、帰る道々『鍋なら、ここがいい』とか、『フライパンはここ』とあちこち紹介してくれた。私は行く先々で店の名前をメモした。ほんの少しの間にメモは十ページを超えた。

『その調子でどんどんメモをとりな。そいつは玉々屋で手に入る』

玉々屋とはツケの利く文房具店のことだ。

次の日から、下拵えを手伝わせてもらえるようになって、来る日も来る日も皮を剝いたり、刻んだりと、主に野菜を相手に格闘するようになった。ちなみに、大将の店では鍋や俎板《まないた》、レードルのような物は店の備品を使うことになっていたが、刃物とフライパンだけは、料理人一人ひとりが自分の愛用品を持ち込むことになっていた。大将はもちろんだが、二人のコックもそれぞれ自分の包丁を何本も持ち込んでいて、鍵のかかる専用のケースで持ち運んでいた。三人とも、仕事が終わると必ず研いで丁寧に扱っていた。

そんな姿勢を見て、自然と見習いの私たちも包丁を大事に扱うようになった。大将は独身だったこともあって、仕事終わりにアパート暮らしの私たちを集めて道具類の手入れの仕方を手取り足取り教えてくれた。もちろん、大将が話してくれたことは一言一句逃さずにロディアにメモした。あの時に学んだことや、身につけたことの大半が、今でも料理人としての私を支えている。

結局、使い始めてから一年で三十を超えるロディアがメモで埋まった。

「なんか、良い話ですね。『オーナーシェフとは、料理人であると同時に、経営者でなければならない。経営とは人を活《い》かして事業を営むことであり、つまるところ人材育成の力量でその店の成り行きは決まる』というようなことを、有名な料理人がテレビで言ってたのを聞いたことがあります」

硯ちゃんは、しきりに頷きながら、そう言った。

「自分の店を持つにあたり、人を雇うことも考えたんだけど、見送ることにしたよ。ランチ営業はせずに夜だけ、しかも一席一回転で八席のみという小さな店から始めることにしたのも、人を雇わずに済むからなんだ。それを思うと調理場だけで六人、ホールスタッフの四人と合わせると十人も雇っていた大将はすごいと思う。自分が小さいなりにも店を持つようになって、そのすごさを実感するよ」

「ですね……。私も自分一人で気ままにやってるから回せてますけども、人を雇っての文房具店経営ができるかと言われると、まったく自信がないです」

私は深く頷くと話を続けた。

大将の店での毎日が三年を過ぎ、四回目の夏を迎えたころだった。先輩三人のうち、二人は辞め、もう一人は結婚してアパートから出て行った。何時の間にか三人もの後輩ができたが、全員、実家からの通いで、アパートには大将と私の二人だけが残っていた。

楽しかったこともあって、私は調理の仕事をどんどんと覚えていった。仕事をするうえでロディアのメモは本当に役にたった。そのころには、昼間にとったメモを寝る前に大きなノートに整理をして書き写す習慣まで身についていた。ほんの数年前まで、その日暮らしだったのに、大将との出会いで全てが変わった。

そんな充実した毎日を積み重ねるうちに、ベースとなるスープの仕込みや、付け合わせ野菜の味付けを任されるようになった。このまま修業を重ねて、いつかは大将と並んでフライパンが振れるようになりたいと思っていた。

けれど、そうはならなかった。

東京に出てきてすぐのころ、しばらく新宿で知り合った人の世話になっていた。後になって分かったのだが、その人は今で言う『半グレ』で、犯罪まがいのことで荒稼ぎをしていた。直接仕事を手伝ったことはなかったが、事務所の留守番のようなことをして小遣いをもらっていた。いや、小遣いと呼ぶにはあまりに額が大きかった。いわゆる口止料だったと思う。

結局、その人は警察に捕まった。居場所を失った私は上野方面へと流れていった。最初は困ったことになったと思ったけれど、あのまま新宿にいたら私も危ない仕事に手を染めていただろう。

その人が刑期を終えて出所した。そして、たまたま手にした雑誌に大将の店の紹介記事があり、お店の前で撮った従業員の集合写真に私の姿を見つけたらしい。

勝手口からゴミ出しに外へ出ると、その人が立っていた。

『久しぶりだな、随分と立派じゃあねぇか。コック服って言うのか？　良く似合ってるよ』

街灯のしたで気味の悪い笑みを浮かべていた。つづけて、

『店が終わったらちょっと付き合ってくれ』

そう言うなり、近所のスナックのマッチを手渡された。

仕事が終わると、片付けもそこそこにスナックに駆けつけた。絵に描いたような場末の店で、他に客は誰もいなかった。

『仕事、楽しいか？』

私は黙って頷くだけだった。

『俺も仕事を再開しようと思うんだ。どうだ、手伝ってくれないか？』

事務所に座って電話番をするだけで、大将の店でもらえる月給の何倍もの金が入ってくる。昔の私だったら、すぐに返事をしたと思う。

『すみません、今の仕事を辞めるつもりはありません』

席を立とうとすると、その人は『まあ、待てよ』といなし、私の目を見据えた。

『警察に捕まった時に、俺はお前の名前を出さなかった。「事務所で電話番をしてただけ」ってな言い訳は通用しねえ。それもこれも、お前を仲間と信じたからだ』

『勝手なことを言わないでください。僕は事務所に居候をさせてもらってましたけど、仕事を手伝ったことは一度もありません』

『報酬を受け取っただろ』

絶句した。『小遣いだ』と言って渡していたものを報酬と言い出した。

『あっ、あれは「小遣いにでもしろ」って言ってたじゃあないですか！』

その人は煙草に火を点《つ》けると、ゆっくりとふかした。

『刑務所ってところはよ、酒と煙草は御法度なんだ。もちろん抜け穴はあって、たまに吸えたけどさ。こんな風にゆっくりとふかすってのは無理だったな。中学生が先生の目を盗んでせかせかと吸うようなもんさ。味気ないったらありゃあしない。そう言えば、お前、煙草を止めたのか?』

『ええっ、調理人として良いことは一つもありませんから』

その人は鼻白んだ顔で煙草をもみ消すと水割りを一気に飲み干した。

『そっか、分かった。じゃあ、無理は言わない。代わりに条件が一つある』

『……なんですか』

『お前にくれてやった金を返してもらいたい。あのころは羽振りが良かったこともあって、一回に豆玖《ずく》を二つも三つもやってたと思う。少なく見積もっても三百万は下らないよな?』

豆玖とは賭場用語で一万円札を十枚束ねたものを意味する。確かに一回に少なくても十万円、多いときは五十万円ぐらいもらったこともあった。

『そんな金、ありません……』

その人は小さく首を振った。

『真面目に働いてるんだろ? 一度にとは言わねえ。とりあえず百万払いな。残りの二百は毎月五十万の五回払いで許してやるよ』

『……三百万が三百五十万に増えてますけど』

その人は可笑《おか》しそうに首を大きく振った。

『へぇ、暗算ができるようになったんだ。俺の事務所に出入りしてたころは、電話番号さえ、まともに覚えられなかったのに』

私は黙って立ち上がった。

『明日、ここに百万持ってこい。勤め先はもちろんだが、ヤサも割れてんだ。下手なことをしやがると、店に顔を出すぞ』

そして懐から名刺入れを出すと一枚を私に差し出した。

『俺も半端者は止めたんだ、親と呼びたくなる人に出会ったんでな』

名刺には誰もが知っている代紋が刷り込まれていた。そんな名刺を出そうものなら、今だったら一発で暴対法に触れてアウトだが、まだ緩い時代だった。

その後、どうやって部屋に戻ったのか、まったく覚えていない。アパートの前の通りまで来ると、ちょうど銭湯から戻ってきた大将とばったり会った。

『よう、どこで油を売ってたんだ。早くしねえと銭湯閉まっちまうぞ』

月の光を浴びて朗らかな表情の大将の顔を見た時に思った、この人に迷惑をかけちゃあダメだと。

硯ちゃんは息を詰めて聞いていたらしく、不意に大きな溜息をついた。

「なんか展開が急で聞いてるだけで疲れちゃいました」

私は小さく頷いた。

「まあ、そうだな。結局、その夜のうちに荷物をまとめて東京を出たよ。最低限の着替えと現金や通帳、それに大将に買ってもらった包丁とロディアのメモやノートといった大切なものだけを詰めてね。ロディアを一枚破り取って、『急ですが辞めさせてもらいます』と書いてアパートの鍵と一緒に大将の部屋の郵便受にそっと入れた。その足で八重洲《やえす》口の長距離バス乗り場に行って、関西方面に逃げたんだ」

「……なんか、呆気《あっけ》ないですね」

硯ちゃんの声は寂しそうだった。

「うん、有耶無耶《うやむや》にしてきたツケを急に払わされたような気がしたよ。上京してきて、流れに身を任せて、おかしな金だなと分かっていながら受け取って、つまらないことに使っちまった。馬鹿だったと思ったけど、どうしようもない」

「なんで大将に話さなかったんですか？　その変な人と関係していたころは、未成年だった訳でしょ？　それに、勝手な言い掛かりじゃあないですか。警察に届け出れば、手を打ってもらえたかもしれません」

全くもって硯ちゃんの言う通りだ。

「だね。けど、そのころは何にも知らなかったから、とにかく、ここに居たら大将に迷惑がかかるって思い込んじまった。馬鹿だったんだよ、大将に言われた通りさ。勉強をしてなかったから、何にも知らなかった、分からなかった。脅されるままに震えあがって逃げ出した。そんな惨めでちっぽけな人間だったよ」

硯ちゃんは大きくかぶりを振った。

「そんなことないはずです。そんなだったら、今はないはずです」

「……そう、かな。だったら良いけど。まあ、関西にたどり着いてからは、割とすぐに仕事も見つかった。とりあえず落ち着ける場所を整えるのに貯金のいくらかを使ったけど、残っていたものを全て書留で例の人に送ったよ。もちろん百万なんて金額じゃあないけど、とりあえず出せるだけ出した。その後も、給料が入るたびに、ほとんどを送金に注《つ》ぎ込んだ。お陰で一年半ほどで言われた通りの額を送りつけたことになるよ」

「……すごいですね。けど、追いかけて来なかったんですか、関西まで」

私は小さく頷いた。正直なところ、いつ、また目の前に現れるかと心配していた。

けれど結局、現れなかった。金を送ってくる訳で、わざわざ交通費をかけて脅しに行くまでもないと思ったのだろう。

「その執念深い人って、今、どうしてるんでしょうね」

「死んだよ、抗争に巻き込まれてね。俺が借金を完済するのと、ほとんど同じタイミングでね。今でもよく覚えているよ、中華料理屋で餃子《ギョーザ》とチャーハンを食べてたら、テレビのニュースで偶然知ったんだ」

「へぇ、そうなんですか。不謹慎とは思いますけど、どうせなら、もっと早くに死んでくれれば良かったのに。そうしたら、銀さんもあくせく働いて、訳の分からない借金を返す羽目にならなかったのに」

「いや、完済するまで生き延びてもらえて良かったよ。俺としては、けじめを付けたって気持ちになれたからね。けど、なんだか拍子抜けしたところもあってさ、日本にいるのが嫌になったんだ……」

硯ちゃんは合点がいったとばかりに手を打った。

「それで放浪の旅に出た訳ですね」

「……まっ、そんなところさ」

パッと明るくなった硯ちゃんの表情が不意に曇った。

「けど、そんな経緯があるんだったら、なおさら開店案内は送るべきだと思います」

「まあ、ね。だから悩んでいるのさ」

硯ちゃんはお盆に茶碗などを片付けながら言葉を足した。

「あの、これはお願いです。やはり大将に案内を出してください。便箋と封筒は私が用意します、ちょっと待っていてください」

さっきまでの穏やかな空気は一気に消し飛び、毅然《きぜん》とした態度で硯ちゃんはそう言い放ち、お盆を手に部屋から出て行った。

やれやれ、調子にのって話しすぎたかなと、ちょっとばかり後悔をしていた。

ふと窓の外を見ると、空には鱗雲《うろこぐも》が並んでいた。半分ほど開いた窓からは、秋独特のちょっと湿った心地よい風が入ってきた。

「お待たせしました」

一階の売り場から駆けて来たのだろうか、少し息を弾ませながら硯ちゃんが私に何かを差し出した。

「便箋と封筒はこれが良いと思います。上品でどのような用途にも合います。それとペンはこれを。柔らかな書き味の物を選びました。勝手に見繕いましたのでお代は結構です。ぜひ、これを使って大将にこれまでの経緯と開店のお知らせをしてください。ああっ、案内状の封筒と、手紙とを一回り大きな封筒に収めて投函すれば大丈夫です。

その辺はご安心ください。ちゃんと手筈《てはず》は整えます」

硯ちゃんはすっかり四宝堂店主の顔に戻っていた。

「ありがとう。……けど、手紙なんて書いたことがないよ」

自分のものとは思えない弱々しい声が我ながら情けなかった。

硯ちゃんは私の手に無理やり便箋と封筒、ペンを持たせると、「さあ、早く」と急《せ》き立てて靴を履かせた。そして小上がりの反対側に置かれた大きな古い机の前の椅子に座らせた。

「しばらく邪魔はしません。ゆっくりと書いてください。後で新しいお茶をお持ちします」

そう告げると一階に降りていった。


一人残された私は、否応なく真っ白な便箋に向き合うことになった。しっかりとした前文で書き始めるべきかとも思ったが、結局『前略　大変ご無沙汰をしております』で書き始めることにした。

まずは勝手に行方をくらましたことを率直に詫《わ》びる旨を書いた。その理由として大将に会うまえに付き合いのあったヤクザに借金を取り立てられ、逃げざるを得なかったという説明を添えた。

続けて今になって思えば、大将に正直に相談すれば良かったと後悔していること。関西に逃れ、喫茶店やうどん屋など複数の店を掛け持ちして必死に働き、借金はきっちり返したこと。

借金を返し終えたことで、気が抜けてしまい、当てずっぽうでヨーロッパに渡ったこと。働いては貯《た》めた金で移動をし、各地を渡り歩いたこと。行く先々の飲食店で職を見つけ、最初は皿洗いや下ごしらえから始めたが、大将の店で仕込まれたお陰で、どこでもすぐに一目置かれる立場になれたこと。あちこちを回り、フレンチやイタリアン、ドイツ料理の基礎を学んだこと。その間にロディア・ナンバー12を百冊は使い果たし、それを十冊のノートにまとめ直したこと。

その後、アメリカに渡り、たまたま日本食材を扱うスーパーで知り合ったレストランのオーナーに「日本人なんだから作れるだろ?」と、半ば強引にスカウトされたこと。鮨から天ぷら、すき焼きとなんでもこなしたが、日本食の基礎を学んでいないことにコンプレックスを抱き、一からやり直したくなって帰国したこと。

大将の店を出てから、日本に戻るまで十年もの時間がかかったこと。それから鮨店で一から修業をし直し、今回やっと自分の店を持つまでになれたこと……。

日本に戻ってからもずっとロディアを手放さず、手元には十箱を超える段ボール一杯のメモがあること……。

あれこれと、これまでのことが頭からあふれそうになって、何を書けば良いか悩み、上手《うま》くペンが走らない。思えば料理で身を立てることになるなんて、これっぽっちも考えていなかった自分を拾い、丁寧に指導してくれた大将との出会いがなければ、今の自分は居ないだろう。そう思えば思うほど、手が震えてなかなか書き進めることができない。

こうして文字にして自分のこれまでと向き合ってみると、大将には料理だけでなく、メモをとること、勉強することなど、人としてのあり方を教えてもらったことが良く分かる。店を飛び出してから関西でも、ヨーロッパでも、アメリカでも、そして帰国して戸を叩いた鮨店でも、受け入れてもらえたのは大将から人としての基礎を仕込んでもらったからに違いない。

『包丁や俎板、鍋釜は商売道具だ。自分の腕や手だと思って丁寧に扱え。そうでないと言うことを聞いてもらえない』

『材料を粗末にする奴は決して上達しない。野菜だって、牛だって豚だって、魚だって、みんな生きてたんだ。それを人間の都合で引っ張ってきたんだ。つまり命を奪った。だから、全てを無駄にすることなく、ありがたくいただかないと。それに、農家や漁師、酪農家といった生産者の方々は大変な苦労をされている。そんな人たちに感謝してたら粗末に扱える訳がないんだ』

何十年も前に何度も聞かされた……、今でもはっきりと思い出せる。

『散髪には最低でも三週間に一回は行け、どうせ丸刈りなんだ、顔剃《かおそ》りをしてもらっても三十分もかからないだろ？　あと、多少風邪気味でも風呂には入れ。だいたい体調を崩すなんてのは自己管理ができてない証拠だ。爪は三日に一度は切れ。それと、朝、顔を洗う時に鏡をみて鼻毛が出てないかを確認しろ。清潔であるってのは料理人にとって最低限の条件だ。それとコック服のボタンはちゃんと留めて、コック帽はまっすぐ被《かぶ》る。一度でも袖を通したコック服は必ず洗え。洗ったらアイロンをかけろ。そんなところを見る人は見ているんだ』

そう言えば、質屋で安いアイロンを見つけてきて、俺にくれたっけ。

『「おはようございます」「こんにちは」「ありがとうございます」「申し訳ございません」この四つはハッキリ聞こえるように言え。相手の耳に届いてなければ言ってないのと一緒だ』

『給料の半分は自分に投資しろ。投資って何のことか分かるか？　まずは良い道具をそろえること。上等な道具はどれも丁寧に手入れをすれば一生使える。それと一流の店に行って客として食事をしてみる。店を見る目を養うことになるし、他所の工夫を学ぶことができる』

『美術館や博物館で良い品を見る、映画や舞台を見る、本を読む、いわゆる教養を身につけることが習慣になるように自分を仕向けるんだ。「分からない」「おもしろくない」って言う奴は、とことんやってみたことがないだけなんだ』

『美術館に百回通ってみれば、自然と目は養われる。見えるようになると、絵そのものや画家に興味が湧いてくる。調べてみると、自分の知らないことがあれこれ出てくる。特に西洋の絵なんてのは、歴史やギリシャ神話、キリスト教などを題材にとっているものが多いから、ちょっとでもそういうことを知っているかどうかで、面白さが全然違う』

『ようするに美を学ぶってことだ。料理ってのは総合芸術なんだ。五感のすべてを動員しないと良い料理は作れない』

『でな、結局はいつまでも成長したいっていう向上心があるかどうかなんだ。でもって、向上心の有る無しを見分けるのは簡単さ。メモをとるかとらないか、ただそれだけ』

どれもこれも、私にとって大切な教えだ。それをずっと大事にしてきた。気が付けば便箋は十枚を超えていた。

「これで良いと思います」

案内状と手紙を一回り大きな封筒に収めると、硯ちゃんは戸棚から秤《はかり》を取り出し、封筒の目方を量る。

「百グラム超、百五十グラム以内ということで、と」

そしてたくさんの切手を収めたアルバムの中から、慶事用を取り出し、丁寧に貼り付けた。

「さあ、準備は整いました。あとは店の前のポストに投函すれば良いだけです」

私は椅子から立ち上がると姿勢を正して頭を下げた。

「ありがとう。何から何まで、本当にお世話になりました」

硯ちゃんは慌てた様子で手を振った。

「よっ、よしてください。私の方こそ、差し出がましいことをしました。失礼だったかもしれないと反省しています。気を悪くされましたら、お許しください」

そう言って深く頭を下げた。今度は私が慌てる番だ。

店の外まで見送りにでた硯ちゃんの目の前で、封筒を投函した。

「大丈夫かな……、本当にこれで良かったのかな」

「大丈夫ですよ」

硯ちゃんの声がひときわ頼もしく聞こえた。

私は小さく頷くと、ポケットからロディアを取り出し、残っていた『大将にも案内を出す』に横線を入れた。

＊　＊　＊　＊

師走のある日、『四宝堂』の店主・宝田　硯は店の前を箒《ほうき》で掃き清めていた。法人客向けの仕事が一段落して少し余裕が出たようだ。

そこへ鮨職人の札　銀が現れた。すぐさま硯が挨拶をする。

「おはようございます」

「やあ、おはよう」

銀は紙袋を硯に差し出した。

「硯ちゃんに食べてもらいたくて、ちらし鮨を作ってきた」

銀の店は、いわゆる『おまかせ』のみを扱う高級店で、一人三万円は下らない。

「いただいてしまって良いのですか？」

恐る恐る尋ねながら紙袋を受け取る硯に銀は破顔しながら答えた。

「もちろん。硯ちゃんにちょっとばかり御礼をしたかったから」

「御礼？　ですか」

銀は照れ臭そうに頭を掻《か》くと呟いた。

「昨日、大将が店に来てくれたんだ」

「えっ、本当ですか」

「ああっ、本当だよ。かなり早い時間を狙《ねら》ってね」

「でっ、どうでした？」

銀は可笑《おか》しそうに笑うと「まあまあ」と硯をなだめた。

「いや、開店は六時なんだけど、五時前ぐらいにさ、店の前を行ったり来たりする人がいる訳。気になって見に行くと、大将が立ってた。もう、頭が真っ白になったよ。『ごっ、御無沙汰してます』と頭を下げると、昔のまんまの声で『予約が必要な店なんだろうけど、今から頼めるかい』って。仕込みは終わってるし、予約の客も七時からだったから、一も二もなく店に入ってもらったよ」

話を聞いているだけなのに緊張をしてきたのか、硯は生唾を飲み込んだ。

「でっ、でっ」

「店に入ると戸口に一番近い席に腰を下ろして『鮨を一人前頼みます。飲み物はお茶をください』って。すぐにお茶とおしぼりをお出しして、握り始めた。普通はコースだから前菜とか、刺身とか、あれこれ出すし、飲み物に合わせてアレンジするんだけど……。鮨だけで大将に納得してもらえるのかって、不安で一杯になった。けど、自分を信じてやるしかない」

「……いっ、いかがでしたか？　大将の反応は」

「それがさ、何をお出ししても、何もおっしゃらず、ただもくもくと召し上がるだけで……。生きた心地がしなかったよ。まあ、時々深く頷いたり、『なるほど』ぐらいのことは言ってたかな。そのくせ途中でロディアを取り出して何かを書きつけたりするんだ。もちろん、何を書いているのかは、こっちからは全くわからない。もう、やきもきしたよ」

硯は小さく首を振ると「なんか、怖いです。話の先を聞くのが」と零した。

「うちは俺が醤油《しょうゆ》や煮切りを塗ったり、塩と酢橘《すだち》を振るなどして、あとは客が口に運ぶだけっていう状態で出すんだけど、もうさ、大将が速い訳よ、食べるのが。こう『はい、赤身です』とか『雲丹《うに》です』って、付け台に出すと、スッと取ってぱくって口に入れてしまう。ゆっくりと咀嚼《そしゃく》されて飲み込むと、お茶で口を清めて『はい、次』って感じで俺を見る訳さ。もう、ペースもなにもなかったよ」

「そっ、それで？」

「最後に海苔巻《のりまき》で〆《しめ》るんだけど、結局、握り十一貫と巻き物を召し上がるのに、三十分かかってないと思うよ。まあ、握ってる俺にしたら、あっと言う間に終わったと言えばその通りだし、長かったと言えば長かったし……。よく分からない」

銀は腕組みすると黙り込んだ。硯はその顔をじっと見つめていた。

「新しい湯呑みに交換すると、それを一口ほど飲んで席を立たれた。椅子の背を丁寧に整えると、俺の目を真っ直《ます》ぐ見据えて『勉強になりました』とおっしゃって姿勢を正して頭をさげたんだ。そして『美味かった』と。何か言わなきゃって思ったんだけど、何にも思い浮かばなくて……。やっとの思いで『ありがとうございます』って、それだけ言ったよ」

「……良かった」

硯が思わず声を零す。

「でさ、上着から祝儀袋を取り出して、こう、ぽんって置いてった。『ほんの気持ちだけど』って。で、『よく頑張ったな』って。そのまま、すっと帰ってった」

銀は腕組みを解き、改めて頭を下げた。

「それもこれも、硯ちゃんのお陰だよ。本当にありがとう」

「とんでもない。でも、良かったです、お役に立てて」

「で、甘えついでなんだけど、また二階の机を借りてもいいかな？　大将にご来店のお礼状を出そうと思って。悪いんだけど、新しく便箋と封筒を見繕ってほしいんだ」

「はい、喜んで」

硯はそう応えると店のガラス戸を開き、銀を招き入れた。

銀座の片隅にある老舗文房具店『四宝堂』。店主である宝田硯の人柄に惚《ほ》れた常連客で、今日も賑《にぎ》わいそうだ。

※本作品はフィクションであり、
登場する人物・団体・事件等はすべて架空のものです。

小学館文庫
好評既刊

銀座「四宝堂」文房具店Ⅱ

上田健次

ISBN978-4-09-407292-1

銀座の文房具店「四宝堂」は絵葉書や便箋《びんせん》など、思わず誰かにプレゼントしたくなる文房具を豊富に取り揃える知る人ぞ知る名店だ。店主を務めるのは、どこかミステリアスな青年・宝田硯《けん》。硯のもとには、今日も様々な悩みを抱えたお客が訪れる——。クラスメイトにいじられ浮いていると悩む少女に、定年を迎え一人寂しく退職していくサラリーマンなど。モヤモヤを抱えた人々の心が、あたたかな店主の言葉でじんわり解きほぐされていく。いつまでも涙が止まらない、感動の物語第２弾。喫茶店『ほゝづゑ』の看板娘・幼馴染みの良子と硯の出会いのエピソードも収録！

まぎわのごはん

藤ノ木 優

ISBN978-4-09-407031-6

修業先の和食店を追い出された赤坂翔太は、あてもなく町をさまよい「まぎわ」という名の料理店にたどり着く。店の主人が作る出汁の味に感動した翔太は、店で働かせてほしいと頼み込む。念願かない働きはじめた翔太だが、なぜか店にやってくるのは糖尿病や腎炎など、様々な病気を抱える人ばかり。「まぎわ」はどんな病気にも対応する食事を作る、患者専門の特別な食事処だったのだ。店の正体に戸惑いを隠せない翔太。そんな中、翔太は末期がんを患う如月咲良のための料理を作ってほしいと依頼され——。若き料理人の葛藤と成長を現役医師が描く、圧巻の感動作！

小学館文庫
好評既刊

殺した夫が帰ってきました

桜井美奈

ISBN978-4-09-407008-8

都内のアパレルメーカーに勤務する鈴倉茉菜。茉菜は取引先に勤める穂高にしつこく言い寄られ悩んでいた。ある日、茉菜が帰宅しようとすると家の前で穂高に待ち伏せをされていた。茉菜の静止する声も聞かず、家の中に入ってこようとする穂高。その時、二人の前にある男が現れる。男は茉菜の夫を名乗り、穂高を追い返す。男はたしかに茉菜の夫・和希だった。しかし、茉菜が安堵することはなかった。なぜなら、和希はかつて茉菜が崖から突き落とし、間違いなく殺したはずで……。秘められた過去の愛と罪を追う、心をしめつける著者新境地のサスペンスミステリー！

小学館文庫
好評既刊

あの日、君は何をした

まさきとしか

ISBN978-4-09-406791-0

北関東の前林市で暮らす主婦の水野いづみ。平凡ながら幸せな彼女の生活は、息子の大樹が連続殺人事件の容疑者に間違われて事故死したことによって、一変する。大樹が深夜に家を抜け出し、自転車に乗っていたのはなぜなのか。十五年後、新宿区で若い女性が殺害され、重要参考人である不倫相手の百井辰彦が行方不明に。無関心な妻の野々子に苛立ちながら、母親の智恵は必死で辰彦を捜し出そうとする。捜査に当たる刑事の三ツ矢は、無関係に見える二つの事件をつなぐ鍵を摑み、衝撃の真実が明らかになる。家族が抱える闇と愛の極致を描く、傑作長編ミステリ。

――本書のプロフィール――

本書は、小学館文庫のために書き下ろされた作品です。

小学館文庫

銀座《ぎんざ》「四宝堂《しほうどう》」文房具店《ぶんぼうぐてん》

著者　上田健次《うえだけんじ》

二〇二二年十月十一日　初版第一刷発行
二〇二四年十二月十日　第十八刷発行

発行人　庄野　樹
発行所　株式会社　小学館
〒一〇一-八〇〇一
東京都千代田区一ツ橋二-三-一
電話　編集〇三-三二三〇-五一三七
　　　販売〇三-五二八一-三五五五
印刷所――TOPPAN株式会社

ISBN978-4-09-407192-4